굿바이,

마치 오늘이 마지막인 것처럼

굿
바
이
,

노인요양병원 원장
노태맹 시인의
'늙음'과 '죽음'에 관한 에세이

마
치
오
늘
이

노태맹 지음

마
지
막
인
것
처
럼

한티재

노준석,

나의 아버지께

늙음에 잘 다다르시기를……

들어가며

30대의 젊은 나이에 엄마가 위암으로 돌아가셨을 때 나는 겨우 열 살이었다. 나는 지금도 그날의 하늘과 봄바람, 엄마의 영정을 들고 신암동 산동네 계단을 내려가던 상복 입은 한 소년의 모습을 기억한다. 흙으로 덮이기 전, 관에 누운 채 흰 한지 뭉치로 싸인 엄마의 모습도 기억한다.

내게 죽음은 너무 일찍 왔다. 산동네 좁은 골목에서 작은 사고라도 치면 동네 아줌마가 찾아와 "엄마 없는 자식이라서 이 모양"이라고 나무라던 말을 할머니와 함께 들어야 했다. 엄마 없는 나를 길러주던 친할머니도 2년 후, 채 환갑도 되지 않은 나이에 뇌출혈로 돌아가셨다. 내게 죽음은 너무 일찍 찾아왔다.

내 사춘기는 또래 친구보다 일찍 찾아왔고, 아무도 없는 캄캄한 성당의 향 냄새와 빨간 감실의 불빛이 내 고등학교 시절을 지켜주던 향기와 빛이었다. 가톨릭 사제가 되고 싶었던 그때의 마음 상태는 어쩌면 죽음의 충동에 더 가까웠는지도 모른다. 중세 수도원의 그 어둡고 긴 회랑을 걷는 내 모습을 나는 자주 상상했다.

내 주변의 죽음이 아니라 낯선 타인의 죽음을 들여다보게 된 것은 대학교에 들어가고 나서부터였다. 대학 입학하기 1년 전에 벌어진 광주민중항쟁은 나에게 죽음을 바라보는 새로운 눈을 열어주었다. 어쩌면 지금까지 내 사고는 그 사건의 내면화였는지 모른다. 봉기와 항쟁의 의미로서만이 아니라, 우발적으로 다가온 죽음을 끌어안고 사라져야 했던 그 이름 모를 사람들의 비극이 나를 사로잡았던 것이다.

그러나 죽음은 흔한 것이 되었다. 우리는 폭탄에 온몸

이 찢기며 날아가는 전쟁 영화를 보며, 그 날아가는 이름 모를 사람이 바로 나일 것이라는 생각은 하지 않는다. 죽음은 어제도 오늘도 흔하지만 그가 나이거나 내 가족일 것이라는 생각은 하지 않는다. 우리는 우리가 죽는다는 것을 알지만 진정으로 죽음을 이해하고 있는 것 같지는 않다.

서른 살이 다 되어갈 무렵 나는 시인이 되었고, 나에게 시는 죽음이 짓이겨진 삶의 형상화이거나 이미지화로 정의되었다. 죽음이 매개되지 않은 시는 아무리 아름다워도 나에게는 좋은 시가 될 수 없었다. 나는 그때까지 내가 죽음과 싸워왔다고 믿어왔고, 비록 패배하더라도 죽음과 싸울 것이라고 생각했다. 그러나 그건 오만이고 착각이었다. 죽음이 두려워 나는 그 시로부터 도망쳤다. 허수아비와 싸워왔던 것이다.

의대를 입학하고 15년이 지나서야 나는 의사가 될 수 있었고 이 글을 쓰는 현재, 노인요양병원에서 10년 넘게 일하고 있다. 그 10여 년 동안 대략 계산컨대 700여 명의 사망진단서를 썼던 것 같다. 700여 명의 마지막을 지켜보고 의학적 죽음을 선언한 것이다.

이 글을 쓰기 몇 시간 전에도 나는 한 사람의 심장이 멈추는 순간을 보았고, 불과 한 시간 전에는 집에서 갑자기 사망하여 장례식장으로 실려 온 한 노인의 시신을 검안하고 왔다. 너무 많은 죽음을 보았는지도 모르겠다. 그래서 죽음이 더 두려운지도 모르겠다.

나는 죽음의 전문가는 아니다. 물론 죽음의 전문가는 어디에도 없고, 있을 수도 없다. 왜냐하면 이 지구상에 살았던 호모 사피엔스 가운데 죽음이 어떤 상태인지 알았던, 그리고 앞으로 알 수 있을 사람은 아무도 없기 때문이다. 그럼에도 내가 죽음에 관해 글을 쓰는 것은 죽음을 탐구하려는 이유 때문만은 아니다. 차라리 그것은 나라는 주체 바깥의 이름 모를 타인에 대한 탐구이고, 잘 늙기 위한 기술에 대한 탐구라고 하는 것이 옳을 것이다.

철학을 공부하면서 정신의 영웅들을 많이 만났다. 나는 그들이 죽음과 마주한 기록들을 언젠가 쓰게 될 날을 기대한다. 그러나 이 책에서는 철학적인 논의들을 되도록 절제하기로 하였다. 다만 노인병원에서 마주한 죽음의 얼굴들을 묘사하기로만 하였다. 노인병원에서 겪는 늙음과 죽음만 있는 것은 당연히 아니지만, 이곳에서 경험한 모습은 우리 시대 늙음과 죽음의 모습을 집약적으로 보여주리라고 생각한다.

가끔 주변 사람들에게 100년 후 우리 후손들이 지금의 노인병원을 들여다보게 된다면 아마 야만의 시대라고 지칭할 것이라고 말하곤 한다. 나쁜 피를 뽑아내는 사혈(瀉血)과 관장(灌腸)만이 거의 모든 치료였던 19세기 이전까지의 서양 의학을 지금 우리는 야만이라고 생각한다. 그러나 마찬가지로, 노인들을 모아놓고 그들이 죽을 때까지 멍하게 시간을 보내도록 만드는 지금의 노인 복지 시스템도 야만에 다름 아니라고 나는 생각한다.

우리의 삶을 잘 들여다보기 위해 죽음의 얼굴을 들여다보아야 한다. 죽음의 얼굴을 들여다보면서 우리는 잘 늙는 법을 배워야 한다는 것이다. 늙는 것도 배워야 한다.

이 글들이 늙어가는 누군가에게 작은 길이 되었으면 좋겠다. 이 글들이 죽어가는 누군가에게 작은 위로가 되었으면 좋겠다. 또한 이 글이 늙어가고 죽어가는 이들을 바라보는 슬픈 누군가에게 작은 힘이 되었으면 좋겠다.

물론 가장 바라는 것은, 내가 나의 죽음을 잘 받아들이는 것이겠지만 말이다.

차
례

죽음의 기술

ars moriendi

노인병원.

아침마다 나의 하루는 이렇게 시작한다.

풍경 1

"와 이래 안 죽노? 내 얼마나 더 살겠노?"

회진을 돌 때마다 310호실의 할매는 묻는다.

잘 안 들리는 귀에다 바짝 대고 언제나처럼 나는 대답

한다.

"아직 멀었는데요. 젊을 때 좋은 일을 많이 하셔서, 한 10년은 더 사실 것 같은데요."

93년을 산 할매의 주름이 환하게 펴지며 늘 같은 대답이 돌아온다.

"아이고, 지겨워서 우째 더 살꼬……"

풍경 2

"할매, 하루 종일 이래 누워있으면 이제 못 걸어요."

치매병동의 한 할머니는 침대를 내려와 걷는 일이 점점 더 드물어졌다.

"일어나서 뭐 하꼬?"

"텔레비전도 보고, 다른 할매들이랑 이야기도 하고, 뭐라도 좀 하세요."

"테레비는 뭔 소린지 모르겠고, 저 할마이는 노망들었다 아이가."

"안 심심합니꺼?"

"죽어뿌마 좋겠는데, 지겨워 죽겠다."

할매는 온종일 침대에 누워 눈만 껌벅껌벅하고 있다. 뭐 생각하느냐고 물으면, 아무것도 생각 안 한다고 한다.

풍경 3

아기 귀신이 언제나 걸어가는 자신의 발목을 잡는다며 멈춰 서있는 할머니.

오늘은 두 손을 동그랗게 모으고 그걸 내려다보고 있다.

"뭐 하세요?"

"오늘은 귀신이 내 손 안에 들어있네. 가라 해도, 안 나간다."

문득 아침 출근길에 본 허리 구부정한 목련나무가 생각났다. 한 줌의 흰 햇살을, 손을 오므려서 받고 있는.

오늘도 그 못된 귀신은 내 가운 주머니 속에 집어넣고, 할머니를 방으로 데리고 들어간다.

풍경 4

양쪽 폐에 물을 한가득 담은 할아버지가 내 손을 잡고 뭐라고 말하는데 알아들을 수가 없다. 그의 입에서 물 마른 시간들이 모래처럼 흘러나오는 것 같다. 뭐라고 말해야 할까? 어떤 약물에도 이제 반응이 없고 주사로 물을 빼도 폐의 물은 금방 다시 차버린다. 돌아서며 나는 혼자 안타까움으로 중얼거린다. 이제 멈출 때가 되지 않았는가?

나 하늘로 돌아가리라 / 새벽빛 와 닿으면 스러지는 / 이슬 더불어 손에 손을 잡고 // 나 하늘로 돌아가리라 / 노을빛 함께 단 둘이서 / 기슭에서 놀다가 구름 손짓하면은 // 나 하늘로 돌아가리라 / 아름다운 이 세상 소풍 끝내는 날 / 가서 아름다웠더라고 말하리라
　　　　　　　　　　　　　　　— 천상병「귀천(歸天)」

그러나 그들의 소풍 마지막 날은 맑은 날이 아니라 질퍽거리는 산길이거나 자갈길이다. 소풍은 쉽게 끝나지 않고, 노래는 모음을 잃어버린 자음처럼 누구도 알아들

을 수가 없다. 누가 자신의 마지막이 이런 날일 것이라고 상상했겠는가?

풍경 5

질펀하게 욕을 잘하던 100세 할매가 갑자기 피를 한 사발쯤 토한다고 연락이 온다. 할매는 피를 토하면서도 뭐라뭐라 중얼댄다. 늘 말하던 고향집에 배꽃도 피었겠다, 이제 손가락을 열고 두 손 안의 시간을 다 흘려보낼 때도 되었다고 생각하신 모양이다. 내 발 밑의 핏자국이 반짝반짝한다.

사람들은 죽음의 채찍이 자신을 채어갈 때까지 그저 기다려야 한다. 과학의 힘으로 생명의 시간은 늘어났지만 삶의 시간은 늘어나지 않았다. 생명이 곧 삶인 것은 아니다. 손 안에 있는 한 줌의 시간이 손가락 사이를 빠져나가기를 노인들은 멍한 눈빛으로 기다리고 있다. 멍한 눈빛의 시간은 삶의 시간이 아니다.

죽음의 기술(ars moriendi). 그러나 한편으로 생각해보면 이 말은 사실 가리키는 것이 별로 없다. 결정적인 문제는 우리가 죽음을 모른다는 것이다. 죽음을 이해하고 바라볼 수는 있지만 나 자신의 죽음을 결코 스스로 경험하지 못하는 것이다.

죽을 때 어떻게, 어떤 방법으로 죽을지 대부분은 고민하지 않는다. 우리가 할 수 있는 것은 매장할 것인지 화장할 것인지, 묘지는 어디에 쓸 것인지를 미리 정하는 정도일 것이다. 이것은 죽음의 기술이 아니다. 그렇다면 죽음의 기술이란 무엇일까?

차라리 죽음의 기술이란 늙어가는 기술, 늙어가는 연습이 아닐까? 우리는 살아있는 기술, 살아가는 기술만 배웠지 늙어가는 기술을 배우지 못했다. 앞의 풍경들처럼 많은 노인들은 생활에 짓눌려 늙어가는 기술을 배우지 못했다. 그렇다고 많이 배우고, 많은 재산을 가진 유복한 사람들은 늙어가는 기술을 배웠는가 하면 전혀 그렇지 않다. 우리 시대는 활력과 젊음만을 가르친다. 그것만이 최고인 것처럼 간주되면서 젊음은 돈과 기술의 자양분이 된다.

그러나 나이를 아무리 많이 먹어도, 우리는 삶을 다시

이해하고 이해한 만큼 그렇게 살아가야 하지 않을까? 죽음이야 알 수 없는 것이지만, 정작 우리는 삶에 대해서도 사실 잘 알지 못한다. 절대적 삶이란 것이 없다면 우리는 배우고 또 익혀야 하지 않을까? 늙는 것도 배워야 하지 않을까?

그러나 그렇게 만만한 문제가 아니다. 치매가 오고, 암이 오고, 불안이 엄습해 올 때 의료와 복지 시스템과 종교 외에 무엇이 더 필요할 것인가? 늙어가는 것이 아니라 늙어지는 것이라면 그 시간을 늦추는 것 말고 무엇이 더 필요할 것인가? 운동하고, 건강 강좌 듣고, 좋은 것 먹고, 즐겁게 지내는 것 말고 더 무엇이 필요하다는 말인가?

언젠가 한 도서관 노인 대상 건강 강좌에 강의하러 갔다가 죽음에 대해 길게 이야기하고 있을 때였다. 한 분이 벌떡 일어서더니 "건강 강의 들으러 왔는데 뭔 죽음에 대한 이야기야, 쳇" 하면서 나가버린 일이 있었다. 사실 우리 모두는 죽음이 건강의 결핍이라고 생각한다. 한편에서는 맞는 이야기이지만, 우리 모두가 100퍼센트 죽는다는 사실을 생각해보면 죽음은 결핍이 아니라 오히려 자연의 충만이라는 생각이 든다.

그리 오래지 않아, 이 책을 읽는 우리 모두는 이 지상에 없을 것이다. 이 단순하고 명쾌한 사실에 가끔 나는 소름이 돋고, 너무도 놀랍고, 믿기지 않는다. 그러나 그것은 세상에서 몇 되지 않는 명백한 사실이다. 그러므로 죽음을 위해, 죽음을 향해, 우리는 늙어가는 법을 배워야 하지 않을까? 나를 포함한 모든 늙어지고, 늙어가는 사람들과 함께 죽음의 기술에 대해, 그리고 늙어감의 기술에 대해 우리는 고민해보아야 하지 않을까?

내 죽음이 놀랍고 믿기지 않을지라도, 소름 돋는 일이 되어서는 안 되지 않겠는가?

죽음을
마주 보는
어려움

모래 늪에 갇힌 것처럼 그 노인은 조금씩 꺼져가고 있다.

안간힘으로 부풀어 올리던 생명의 입김도 그의 양 볼처럼 오목하게 꺼져가고 있다.

그리고 드디어 숨이 멈추었다.

번개의 빛으로도 열린 동공은 닫히지 않고, 천둥의 힘으로도 이제 그의 닫힌 귀를 열게 할 수는 없다.

심전도 기계의 화면에서 날카롭게 뛰어다니던 심장

의 발짓도 이내 오래된 산처럼 둥글어지다가, 작은 젖꼭지처럼 힘을 잃는다. 그러나 젖꼭지처럼 한 화면에 하나씩 튀어 오르는 전기적 신호는 오래도록 꺼지지 않는다. 숨도 쉬지 않고, 심장은 더 이상 뛰지 않지만 심장에 숨어있던 전기적 신호는 아직 살아있는 것처럼 약하게 반짝거리고 있다.

나는 생의 모든 신호가 멈추기만을 기다리며 그 노인의 곁에 서있다.

보호자들은 위중하다고 연락한 지 한 시간이 지나도 아직 오지 않는다. 태어날 때에는 엄마와 또 누군가가 곁에 있었지만, 지금은 우연히 만난 의사만이 그의 죽음을 지키고 있다. 아무도 지켜주지 않는 죽음은 얼마나 쓸쓸할까 생각한다.

죽은 이를 내려다보고 있는 내가, 꽃도 잎도 없는 겨울 배롱나무 같다고 잠시 생각한다. 가쁜 숨을 내쉬며 살려 달라고 내 손을 잡던 그 폐암 환자는 내 손을 잡은 지 두 시간 후에 그렇게 죽음 저편으로 갔다. 아마 이 세상을 떠난 약 850억 번째 호모 사피엔스일 것이다.

심전도를 찍고, 이제 그것으로 그의 죽음은 이 지상에

서 증명되었다.

오래전 내 첫 시집이 나오고 나서, 나는 대담하게도 다음 시집을 구상하며 죽음으로 가득 찬 시집을 내겠다고 다짐했었다. 『티베트 사자의 서』라는 책에서 이미지를 얻어 죽음에 관한 49편의 시를 쓰겠다는 기획이었다.

그러나 몇 편 쓰고 나서 나는 능력의 한계를 느꼈고, 이상하게 들릴 수도 있겠지만, 무엇보다도 이 시쓰기에 몰입하다가는 죽을 수도 있겠다는 두려움을 느꼈다. 왜냐하면 시는 내가 생각을 써내려가면 그저 씌어지는 수동적 창작물이 아니라, 그것을 쓰는 동안 내 몸이라는 형체를 통해 드러나고 작동하는 힘 혹은 '귀신 쓴 것 같은' 그 무엇이기 때문이다. '그 무엇'은 가끔씩 칼날이 되어 내 목을 겨누기도 하고, 몸과 정신을 어딘가로 내동댕이치기도 한다. 그렇게 죽음은 두려운 주제이고, 무거운 주제이고, 우리 모두가 느끼듯이 언제 떨어질지 모르는 머리 위의 바윗덩어리 같다. 그럼에도 죽음은 어디에나 있다. 그리하여 우리는 그 도처에 존재하는 죽음을 탈색하고 배제하고 은폐하면서, 죽음이 마치 우리 눈앞에 닥칠 때까지는 존재하지 않는 것처럼 행동한다.

신문과 뉴스는 매일 부고장처럼 누군가의 죽음들로 가득하다. 그러나 죽음은 말로만, 소문으로만 이리저리 떠돌아다닐 뿐 정작 그 죽음의 이름이나 이유에 대해서 우리는 알지 못하거나 무시한다.

그러다 그 죽음이 자기 앞에 생생한 얼굴로 고개를 내밀면 사람들은 공포에 떤다. 마치 그것이 자기에게만 온 것처럼. 그러나 죽음은 언제나 우리 근처에서 서성거리고 있었고, 세월은 조금씩 조금씩 죽음을 우리에게 실어 오고 있었다.

하지만 세상은 그 많은 죽음을 자꾸만 지우려고 한다. 마치 죽음이 처리된 안전사회가 삶을 방부처리할 수 있기라도 한 것처럼. 죽음은 처리될 수 없고, 삶도 방부처리될 수 없음에도 그렇게 만드는 것은 그 사회가 죽음에 대해 전보다 더 많은 공포를 가지고 있기 때문이다. 부모의 주검 곁에도 두려워 오지 못하는 사람들을 가끔 본다. 우리의 도시에서 무덤들이 추방된 것은 여러 문화적인 조건들의 영향도 있겠지만, 우리 사회가 가진 죽음의 공포를 반영한다고 할 수 있을 것이다.

죽음은 이야기로만 떠돈다. 텔레비전 드라마처럼, 게임의 캐릭터처럼 죽음은 기호화되면서 정작 죽은 사람은 사라지고 없다. 주인공이 죽지 않으면 수많은 조연과 엑스트라들의 죽음에는 아무런 감정을 느끼지 않는 영화 관객들처럼 우리는 죽은 자들과 그들의 이야기에 무관심하다. 그리하여 우리는 죽음을, 죽은 자들의 얼굴을 바라보는 것에 두려움을 느낀다.

아침 회진 돌면서 죽음의 그림자를 어느 할머니의 얼굴에서 읽는다. 몇 날이 더 허락된 것일까? "당신에게 이 지상의 시간은 삼사 일밖에 허락되지 않은 것 같아요" 하고 나는 말할 수 없다. 삶에 지친 노인은 지금껏 죽음을 배우지 못했다. 죽음은 우리에게 시시각각 다가오지만 속수무책의 우리는 그것을 어떻게 대해야 할지 배우지 못했다. 모든 것이 영원할 것 같은 착각에 우리는 익숙해져 있었던 것이다.

전이된 위암으로 수술도 하지 못하고 입원한 할아버지는 며칠째 아무것도 먹지 못한다. 넘겨지지도 않고 자꾸 구역질이 난단다. 암 덩어리가 위장관을 틀어막은 것이 아니라 죽음이라는 우울이 그의 식도를 막고 있는 것처럼 보인다. 아직 아무것도 먹지 못할 정도로 병이 진행된 것 같지는 않은데, 아마 몸보다는 그의 정신이 먼저 죽음을 대면하고 있는 것 같다.

강이 풀리고 햇빛이 봄의 각도로 내 얼굴로 쏟아진다. 이제 곧 모든 빛이 연초록빛과 연분홍 꽃으로 둥글어질 것이다. 따뜻한 봄날이야말로 죽음과 가장 잘 어울리는 계절이라고 생각해 본다. 연분홍의 꽃그늘. 죽음의 얼굴을 그 연분홍의 꽃그늘로 바라볼 수는 없을까? 그러기 위해서 우리는 무엇을 버리고, 또 더 버려야 할까?

살아있는 이의
얼굴과
죽은 이의 얼굴

죽은 이의 얼굴을 들여다본다. 죽은 이의 얼굴에는 절대 고요의 정지한 시간이 밀랍처럼 굳어있다. 평화롭다고 부르기에 그것은 너무 눅눅하고, 두렵다고 말하기에 그것은 너무 고요하다.

호흡이 멈추고, 간헐적으로 뛰던 심장도 멈추고, 심전도상에 파르르 미세하게 떨리는 움직임도 멈추고 나면 죽은 이의 얼굴이 마침내 내게 다가온다.

나는 반쯤 감긴 눈을 감겨주고, 벌린 입을 닫아주고,

비뚤어진 목을 바로잡아준다. 조금 있다가 눈이 다시 반쯤 스르르 열린다. 눈을 감기고 한참을 누르고 있으면 더 이상 열리지 않는다. 그러나 열린 입은 닫아도 다시 스르르 열린다.

마지막은 언제나 예측할 수 없는 순간에 다가와, 자식들 대신 의사인 내가 임종을 지키는 경우가 더 많다. 나는 죽은 그들의 얼굴을 들여다본다. 낯선 얼굴들이다. 찡그리고 숨을 헐떡거리고 아파하고 냄새나는 숨을 내쉬던 그들의 얼굴이 아니다.

이제, 이들은 누구이며 누구에게 속하는 얼굴일까?

발터 셰스라는 작가의 사진들에 그의 아내인 베아테 라코타라는 저널리스트의 글이 함께한 『마지막 사진 한 장 : 사랑하는 나의 가족, 친구에게 보내는 작별 편지』라는 사진집이 있다. 이 책은 몇 년 전 우리말로 번역되기도 했고 얼마 전 텔레비전의 한 프로그램에 소개되기도 했는데, 호스피스 병동에 있는 스물세 명의 임종 바로 전 사진과 직후의 사진을 함께 엮어낸 책이다.

살아있을 때의 사진과 죽음 직후의 사진의 대비는 묘

한 감정을 불러일으킨다. 특히나 죽은 어린 아이의 얼굴을 들여다보면 저 깊은 곳에서부터 가슴이 저려온다. 죽은 이의 얼굴들. 우리는 평생 동안 죽은 이들의 얼굴을 볼 기회가 많지 않기 때문에 그것이 두렵거나 혹은 평화로울 것이라고 상상한다.

죽음은 나의 것이 아니다. 내가 영생을 믿든 믿지 않든 죽음은 나에게 속한 것이 아니라, 죽은 우리의 얼굴을 지켜보는 살아있는 자들의 것이다. 영생을 믿지 않는 사람에게 죽음은 경험되지 않은 채 지속될 것이고, 영생을 믿는 자에게 죽음은 또 다른 새로운 삶이기 때문이다.

죽음은 언제나 살아있는 자들의 것이다. 이제 곧 한 시간에 2~3도씩 내려가는 식은 육신 위로 '살을 파먹는 것들'인 박테리아와 구더기와 벌레와 살쾡이와 독수리들이 달려들 것이다.

죽은 이의 얼굴은 오래 지속되지 못한다. 죽은 이의 얼굴은 오직 살아있는 우리들의 기억 속에서만 순간적으로 존재한다. 그러나 그 죽은 이의 얼굴은 우리에게, 현재와 우리의 죽음 사이에 놓인 우리의 시간에게 묻는다. 넌, 누구냐고.

그랬다. 스무 살을 시작하면서 나는 1980년 광주항쟁에서 죽어간 그들, 피로 일그러진 죽은 이의 얼굴을 보면서 그들이 내게 묻던 질문에 답해야 했다. 넌 누구이며 무엇을 해야 할 것인지. 철학자 레비나스의 말처럼 죽은 이의 얼굴은, 그 타인의 얼굴은, 우리에게 폭력처럼 다가온다. 불쑥 불쑥 내 눈앞에 나타나 우리에게 우리의 삶에 대해 질문을 던진다.

그러나 우리는 그 죽은 이의 얼굴을 외면하고 곧 잊어버린다. 그 타인의 얼굴, 죽은 이의 얼굴이 나의 세계로 뛰어들어 내가 가진 모든 것을 빼앗아가 버릴 것처럼 두려워하며.

거울로 내 얼굴을 본다. 유예된, 미래의 죽은 이의 얼굴. 내 죽음의 얼굴은 누구에게 질문을 던질 것인가? 나보다 타인의 존재를 중요시한 레비나스는 죽음이 삶의 마지막 지평이라는 것을 거부한다. 레비나스에 따르면, 나의 존재 의미는 내 자신 속에 있는 것이 아니라 타인의 미래에 있기 때문이다. 그러기 때문에 우리는 사랑을 하고 아이를 낳는다고 그는 말한다. 죽은 이의 얼굴은 살아있는 우리에게 던지는 마지막 질문과 의미인 것이다.

그러나 문제는 우리가 늘 죽은 이의 얼굴을 바라볼 용기와 사랑을 가질 수 있는가 하는 것이다. 지금도 나는 이 글을 쓰는 도중에 한 노인의 닫히지 않는 입을 닫아주고 내려왔다. 그리고 담배 한 대를 피우듯 그 죽은 이의 얼굴을 재떨이에 비벼 끈다. 나는 곧 그를 잊을 것이다. 그래야 나도 살지 않겠느냐고, 삶도 너무 무거운데 타인의 죽음 정도는 가벼워야 하지 않겠느냐고 중얼거리며……

집중치료실
201호

　침대 머리맡을 세운 채 노인은 반듯하게 누워있다. 반쯤 눈을 뜨고 수행자처럼 죽음의 경계를 응시하고 있는 것 같다. 90년을 산 노인의 얼굴이 바위에 음각으로 새겨놓은 부처의 얼굴 같다가도, 일순 고통과 두려움으로 일그러진다. 코에 걸어놓은 호스로부터 산소가 색- 색- 소리를 내며 쏟아져 나오고 있다.

　벌써 이 주일째 미음 두세 숟가락으로 버티고 있다. 먹으면 바로 토해버려 더 이상은 어쩔 도리가 없다. 혈관을 찾을 수 없어 발등에 꽂아놓은 주사 바늘을 통해 포도당 수액이 톡 톡 미끄러지고 있다. 병실 창문을 난데없는 소낙비가 훑으며 지나간다.

"수액이나 산소, 뭐 이런 게 의미가 있을까요? 사실 만큼 사셨고, 편하게 보내드리고 싶은데."

"이게 특별히 의미 있는 건 아닙니다. 수분 공급하는 것 정도, 호흡하는 데 산소로 조금 도와드리는 정도인걸요. 최소한입니다."

"그래도 정신은 멀쩡하시니, 보고 있는 저희들이 괴롭네요."

보호자와 대화하고 있는데 복도에서 누군가의 식판이 와장창 소리를 내며 쏟아진다.

기관지를 절개하고 목에 튜브를 꽂은 노인이 가르릉 소리를 내며 또 가래를 뿜는다. 흡입관을 기관지 깊숙이 밀어 넣고 가래를 흡입한다. 자극을 받은 기관지가 더 많은 가래를 순식간에 밀어 올린다. 옷으로 튀지 않게 손으로 가래를 막는다.

왼쪽 팔과 다리를 중풍으로 잘 못 쓰게 된 다른 병실

의 노인이 병실 문 안으로 고개를 들이밀고 그것을 보고 있다. 한 동네에 사는 환자의 친구다. 아직 잘 살아있느냐는 표정이다.

"산소 농도가 85퍼센트로 떨어지는데요!"

몸을 돌려 뇌출혈이 의심되는 옆 침대 노인의 모니터를 보니 산소 포화도가 84를 가리키고 있다. 자세히 보니 손가락에 끼우는 센서가 느슨하게 끼워져 있다. 다시 끼우자 초록색의 95가 나타난다. 며칠 전만 해도 걸어 다니던 노인이었는데 텃밭에서 쓰러진 후 의식도 없이 병원으로 옮겨져 왔다. 뇌출혈이나 재발된 뇌경색이 아닌가 싶다. 노인은 며칠째 의식도 없이 몸을 뒤척이고 있다.

그의 며느리에게 물었다.

"대학병원으로 옮기거나 최소한 CT라도 확인해보아야 할 것 같은데요."

"이제 나이 90이 다 된 노인인데, 대학병원으로 옮긴다고 뭐 특별히 달라질 게 있나요?"

"글쎄요……"

"달라질 게 없다면 그냥 여기 있게 해주세요. 아들도 일찍 하늘나라로 가버렸고 저도 농사일해야 먹고사는데, 이해해 주세요."

"앞으로 의식이 돌아오지 않으면 식사를 못 할 테고, 그러면 콧줄(레빈 튜브)로 영양분을 공급해야 하는데요."

"그런 것 하지 말고 편하게 보내드렸으면 합니다."

노인의 며느리 얼굴에 울음이 얼룩져 있었다.

"오늘은 어떨 것 같은가요?"

문 옆, 숨을 헐떡거리며 의식도 없는 노인의 아들이 오늘도 나에게 물어온다.

"경험적으로, 어떻게 산소 포화도 60퍼센트를 유지한 채 열흘을 버티고 계시는지 모르겠네요." 기계적으로 대답한다.

이 노인의 마지막을 지켜주기 위해 아들은 며칠째 병원을 지켰지만 결국에는 마지막을 보지는 못할 것 같다. 그의 거친 숨소리가 산 자들을 괴롭힌다. 이 고통을 끝내주기 위해 뭔가를 해주고 싶은 마음이 스물스물 기어올라온다. 그렇지만 난 해줄 것이 아무것도 없다. 죽음은 인간의 몫이 아니라 자연의 몫, 혹은 신의 몫이다. 또 그렇게 중얼거리는 의사의 몫은 더더구나 아니다.

그러나 우리, 이렇게 보내도 되는 것일까? 우리, 이렇게 가도 되는 것일까?

의자에 앉아서 꿈을 꾸었다. 한 노인 환자가 들에서 꺾은 꽃을 한 아름 안고 들어온다. 간호사들이 어이없다는 듯 그 노인을 돌아본다. 201호 병실. 그 노인은 꽃을 안고 링거 줄과 산소 줄이 주렁주렁 매달린 그 자리에 가서 눕고는 바로 곤한 잠에 빠져든다. 그때 환한 꽃다발이, 죽은 노인의 얼굴을 환하게 비춰준다. 그 노인의 얼굴은, 바로 나였다.

백일홍

붉은 꽃을
머리에 이고

 나의 마지막 날을 상상하며 손바닥(장편掌篇) 소설을 써본다. 이 글 화자의 모델이 되는 분은 이 글을 쓰고 얼마 있지 않아 세상을 떠났다. 내가 그라면 어떤 마음이었을까 상상해보았다.

 단지 의사와 환자의 관계였지만 먼저 떠난 그가, 그들이 이 세상에 더 이상 존재하지 않는다는 것이 이따금 낯설게 느껴진다. 어느 병실엔가 있을 것 같은데, 생각해보면 이미 오래전에 돌아가셨다. 병원 복도에 붙여놓은 사진 속에서는 환하게 웃고 있는데, 지금 여기에는 없다. 그렇게 모두들 왔다가 휙 지나가버린다. 당연한 것임에도, 나는 언제까지 이렇게 낯설어할 것인지.

죽음을 똑바로 처다보며 그 너머로 당당히 걸어 나간 그는, 아름다웠다.

●

"좀 나아지고 있는 겁니까? 걸을 수는 있을까요?"

참으로 어리석은 질문을 했다는 것을 의사가 떠난 뒤에야 깨닫는다. 모든 것이 꿈만 같다. 허공중에 내가 떠 있는 것 같다. 젊었을 적 날씬했던 다리는 점점 부어오르고 내 시선이 가 닿는 발가락은 내 의지에도 꼼짝할 줄 모른다. 배는 부풀어 올라 손바닥으로 가만히 치면 통통 북처럼 울린다. 다시 구역질을 한다. 며칠째 노란 신물을 올리다가 이제는 초록빛 액체가 흘러나온다.

나는 이제 곧 내가 죽는다는 것을 안다. 그럼에도 그런 질문을 하다니 어처구니가 없다. 하긴 잠에서 깨어 눈앞에 이 병실이 나타날 때면 나는 또 다른 꿈속으로 내가 옮겨온 거라고 믿는다. 그러나 옆 병상에서 가래 뽑는 소리가 들리고 흰 연기 나는 마스크가 모터 소리를 내며 작동할 때면 내가 꿈속에 있는 것이 아니라는 것을 깨닫는다. 그 깨달음은 높은 곳에서 떨어지는 바위 소리와 같다. 두려움.

난소에서 자라난 암 덩어리는 대장을 가로질러 뱃속으로, 간으로, 뼈로 미친 듯이 영토를 확장했다. 스펀지 같은 척추가 뭉개지면서 신경은 낡은 밧줄처럼 너덜너덜해졌고 막힌 대장은 풍선처럼 부풀어 올랐을 것이다. 의사가 내 남편에게 그렇게 말했다. 남편은 얼굴 표정으로 그 말을 내게 전했고 나는 그것을 잘 읽을 수 있었다. 나는 이제 곧 내가 죽는다는 것을 안다.

"이해는 하겠는데요. 집에 계단이 많다던데 갈 수가 있을까요?"

나는 의사에게 집에 잠시만 가게 해 달라고 졸랐다. 의사는 무표정한 얼굴로 나를 내려다본다. 의사는 회진 때마다 나에게 무언가 할 말이 있는 듯이 보였지만 늘 무표정한 얼굴로 "많이 아프지는 않으세요?" 하고는 지나가버린다. 오늘도 그 무표정 속에서 '집에 마지막으로 보내주고 싶은데 가능할까?' 하는 말을 읽는다. 56년을 살다보니 사람의 표정이 이제는 잘 읽힌다. 근래에는 남편의 부드러운 말씨 속에 숨은 짜증도 읽어냈다.

"마지막인 거 아시잖아요?"

마지막으로 나의 집을 둘러싼 푸른 언덕들과 담장 옆에 자라고 있을 옥수수와 고추들, 대문 옆에 서있는 붉은 백일홍 꽃들을 보고 싶다. 그 땡볕 아래에 서면 맡을 수 있는 그 모든 것들의 냄새가 지금 그립다. 나는 지금 꿈꾸고 있는 것이 아닐까? 이 꿈에서 깨면 나는 자고 있는 아이들과 술 먹고 들어온 남편을 깨우며 맛있는 된장국을 끓이고 있는 것이 아닐까? 압력 밥솥에서 김이 새어나오고, 그 밥 냄새가 아침 햇살을 환하게 부풀어 올리는 그 아침으로 나는 돌아갈 수 있지 않을까?

가끔 내 얼굴을 만져본다. 이 감촉과 이 얼굴의 존재하지 않음. 나의 완벽한 암전. 그걸 생각하면 정말 끝이 보이지 않는 절벽 끝에 서있는 것 같다. 천국은 과연 있는 걸까. 어떻게 나의 완벽한 존재하지 않음이 가능하다는 말일까.

내가 이 방에 들어오고 난 뒤로 다섯 번째 사람이 조

금 전 죽어서 나갔다. 소리소리 지르던 할머니는 평안한 얼굴로 치매도 폐렴도 없는 세상으로 갔다. 나도 이 방을 저렇게 나갈 것임을 안다. 이렇게 삶이 완성된다면 나도 그렇게 완성될 것이다. 그러나 아직 나는 집 대문 옆에 붉게 핀 백일홍 나무를 만져보고 싶다. 어떤 시인처럼 외치고 싶다.

　　모든 꽃 핀 곳은 나의 사막이다. 사랑이여, 百日 동안만 나는 너를 허락하느니 붉음이 나의 기도를 불태우고 석양이 이 뜨거움을 가라앉힐 때까지 이 사막을 견디게 해 다오.

　　　　　　　　　　　　— 노태맹, 「백일홍은 사막이다」 중에서

　박상륭이라는 작가의 『죽음의 한 연구』라는 소설을 기억해낸다. 20여 년 전에는 죽음을 '연구'하기 위해 읽었지만, 이제는 죽기 위해 책을 읽는다. 주인공도 이제 죽어가고 있다. 나도 이제 죽어가고 있다. 이제 얼마 남지 않았음을 내 몸이 느끼고 있다. 몸 속 깊은 데서부터 마치 파문처럼 떨림들이 점점 더 강하게 전해진다. 글자들도 흐릿하게 시야에서 번져간다.

　　그러나 어쨌든 드디어 나는, 나를 구속하고, 마음으로 시달리게 했던 모든 것으로부터, 은둔을 성취했다는 것을 알게 된다. 어쨌든 죽음은 일종의 은둔이다. 내가 숨 쉬는 대기는 향기로우며, 햇빛은 쏘기는커녕 달빛처럼 부드러이, 내 어깨 언저리에다 구릿빛 이슬을 바르고 있다. 소리 중에서도 아름다운 것, 냄새 중에서도 향기로운 것, 감촉 중에서도 그중 부드러운 것만을 위해 내 혼은 열려지기 시작하는 것이다. 내 아래로는 숲이 흐르는 소리가 쉼 없이 들리고, 나는 그 바닥에 멱 감는 어떤 잎 그늘 —— 그 속에 깊이 그늘을 드리웠으나 수면으로 살포시 뜨는 그늘. 그리하여 드디어 나는, 죽음 위에 정박한 작은 배로구나. 죽음이여. 그러면 내게 오라. 나만의 것이었던 조그만 내 그림자는 내게 무겁던 것이다. 그 그림자를 이제는 내게서 지워주기만을, 나는 그리하여 사망(死亡)으로써 사망(思望)하기 시작한다.

지난 밤 꿈에는 붉은 낙타를 타고 보랏빛의 사막을 타박타박 걸어가고 있었다. 그러자 바다처럼 넓은 호수가 나타났고, 나는 그 푸른빛의 물 위를 다시 걸어갔다. 달무리처럼 둥근 문을 향하여 이번에는 붉은 낙타를 짊어지고 걸어가고 있었다. 누군가가 뒤에서 날 불렀지만 나는 향기 나는 빛깔에만 정신이 팔려 신발도 없이 걸어가고 있었다.

잠에서 깬 눈이, 링거액이 톡톡 떨어지고 있는 것을 보고 있다. 닷새째 아무것도 먹지 못했으니 내 몸이 마치 맑은 링거액으로 가득 차 있는 것 같다. 그래도 내 마음은 점점 새털처럼 가벼워진다. 창 밖에서 새소리가 들린다. 죽어서 새가 되기도 하는 걸까?

내 침대 옆에서 자주 울고 있던, 돌아가신 엄마도 이제는 나를 찾아주지 않는다. 내 슬픔도 이제 다한 때문일 거다. 이곳만 통과하면 된다. 점점 더 흐려지는 의식이 나를 편안히 저곳에 데려다줄 것이다. 의사에게 수액과 산소 말고는 더 이상 아무런 처치도 하지 말아 달라고 부탁했다. 이런 부탁을 할 수 있는 의식이 내게 남아 있는 것에 감사한다.

존재하지 않음. 사춘기 때에는 내가 존재하고 있음이 그렇게 어색하고 낯설었는데, 이제는 존재하지 않음이 참 낯설다. 그것이 어떻게 가능할까? 그러나 이제 사유는 나의 몫이 아니다. 이제 "소리 중에서도 아름다운 것, 냄새 중에서도 향기로운 것, 감촉 중에서도 그중 부드러운 것만을 위해 내 혼은 열려지기 시작"하는 것이다.

내 사라지면, 사라지고 남은 육신을 거두어 우리 마을 어귀의 백일홍 나무 숲에다 뿌려주면 좋겠다. 그래서 백일홍 꽃을 머리에 이고, 가끔씩은 보고 싶은 그대들을 만나러 왔으면 좋겠다. 오래 보지 못하면 나도 그대들도 서로 보고 싶지 않겠는지. 미리, 안녕, 하자. 먼저 그대를 보고 가는 바람처럼.

죽어가는 자의
고독

 과거에는 죽음과 그 죽음에 이르는 과정이 지금보다 더 열려있었다. 과거의 가족 형태와 사회 구조상 혼자서 죽는 것은 거의 불가능했다. 게다가 여러 질병들로 인한 죽음은 일상적으로 공유되는 것이었다. 불과 이백여 년 전, 조선 사회의 평균 수명은 40세 전후로 추정된다. 유럽 국가들도 비슷했다고 한다.

 물론 그때의 죽음은 지금보다 더 고통스러웠을 것이다. 일상적인 기아와 전염병, 전쟁과 자연재해 등 인간에게 닥쳐온 위협과 봉건 전제 체제의 폭압은 언제든지 자신들이 죽을 수 있다는 공포로 사람들을 몰아넣었을 것이다. 우리는 옛 사진들에서, 효수 당해 높은 나무에 머리만 매달린 사람을 본 적이 있다. 살아있는 사람들은 그 아래로 유유히 지나간다. 사람들이 많이 모인 곳에서 목이 베이고 사지가 찢겨나가고, 사람들은 그것을 일상으로 여긴다. 죽음에 대한 일상적 공포가 봉건 군주들에게는 그 시대를 통치하는 수단이 되기도 했던 것이다.

20세기에 들어서면서 세균의 발견과 항생제의 발견, 위생학과 여러 기술의 발전은 인간의 수명을 비약적으로 늘렸다. 2010년 기준 한국인의 평균 수명은 남자는 77세, 여자는 84세로, 조선시대에 비하면 30~40년 넘게 더 살고 있는 셈이다. 그러나 이것은 정말 행복한 일이기만 한 것일까?

뇌경색으로 한쪽 사지가 불편해 입원한 한 노인은 병원 복도를 그렇게 천천히 3년 동안 왔다 갔다 하다가 지금은 거의 침대에 누워있다. 허리가 좋지 않아 입원한 한 노인은 자식들이 자신이 살고 있던 시골집을 팔아버리는 바람에 갈 곳이 없어 4년째 병원에 입원해있다. 치매에 걸린 한 노인은 바닥에 내려놓으면 일어서려다 넘어지고, 침대에 올려놓으면 자꾸 내려오려고 해서 가끔은 침대에 묶인 채, 가끔은 휠체어에 태워진 채 아무 말도 없이 2년을 넘게 지내오고 있다.

이런 식이다. 나는 그들의 보호자를 거의 보지 못한다. 물론 나는 그들 보호자를 탓할 마음이 조금도 없다. 그들이 얼마나 어렵게 살고 있는지를 알기 때문이다.

우리의 수명은 늘어났지만 대부분의 노인들은 그 연장된 생명만큼이나 더 오래 죽음의 길에 들어선다. 아무리 치매가 심한 노인도 보석처럼 그들 자식들의 이름은 꼭 챙기고 그 길에 들어선다. 사회학자 엘리아스는 이런 '때 이른 죽음'의 길 위에서의 상태를 '죽어가는 자의 고독'이라고 표현했다. 문명화는 죽음을 위생적으로 제거하면서 그 두려움과 고통과 죄의식을 자신의 이름 밑으로 포장해버린다. 죽어가는 자들은 치워지고 격리되어, 살아 움직이는 이들의 시야에서 사라진다. 나는 그저 그들의 외마디 소리, 눈물, 아들 부르는 소리, 눈물, 멍한 눈길만을 지키는 고독의 감시자이다. 그리고 이윽고 그들은 사라진다.

그런데 노인의 죽음은 우리의 아이들에게서마저도 고독하다.

아이들이 묻는다.

"할머니는 어디에 계세요?"

그러면 우리는 이렇게 대답한다.

"할머니는 아름다운 천국에 가셔서 너를 지켜보고 계신단다."

우리는 아이들에게도 죽음을 은폐하고 알려주기를 꺼린다. 아이들이 상처받을지 모른다는 모호한 판단으로 그들이 알아야 할 사실마저도 감추려 한다. 엘리아스의 말처럼 "문제는 아이들에게 죽음을 말해야 하는가 아닌가가 아니라 그것을 말하는 방식"일 것이다. 마치 우리가 영원히 살 것처럼 말하고 행동하면서 아이들이 죽음에 대한 환상으로 공포에 휩싸이게 해서는 안 될 것이다. 그들이 살아야 할 많은 날들이 그 두려움보다 훨씬 더 아름다울 수 있다는 것을 이야기해 주어야 할 것이다. 이것이 우리가 자식을 낳고 사회 활동을 하고, 가벼운 마음으로 이 세상을 떠날 수 있는 이유가 아니겠는가.

매화를 앞세우고 산수유의 노란 꽃잎들이 겨울 가지를 타고 번져 나오고 있다. 이게 우리가 고독해서는 안 될 이유가 아닐까? 눈이 부신, 이 순간!

가장
행복한 날

   병실의 한 노인이 오늘도 어린아이처럼 운다. 얼굴을 찌푸리고 정말 땅콩 모양 입을 한 채 운다. 감은 눈에서 눈물을 줄줄 쏟아내며 소리도 없는 울음을 운다. 뇌경색으로 여러 해를 침대에서 살아온 노인. 식구들의 목소리라도 들리는 때면 겨우 눈을 뜨고 반가운 내색을 하던 그 노인이 이제는 받아먹는 것도 할 수 없을 정도로 쇠약해져 콧줄(레빈 튜브)을 꽂고 누워있다. 육신이라는 감옥. 죽음만이 풀어줄 수 있는 그 감옥에 갇혀 노인은 울고 있다.

병실의 또 한 노인이 오늘도 어린아이처럼 운다. 뇌경색에 다발성 전이암까지 생겨, 대학병원에서 치료받다가 우리 병원으로 온 그 노인은 회진을 돌며 내가 말을 건넬 때마다 아이처럼 운다. 레빈 튜브를 꽂은 채, 그 튜브를 자꾸 빼버려서 한쪽 팔은 벙어리장갑으로 침대에 반쯤 묶인 채 내게 뭐라 뭐라 알아들을 수 없는 말을 건넨다. 지거워, 지거워, 라고 들은 것은 순전히 내 주관적 판단 때문일까? 죽음만이 풀어줄 수 있는, 이 감옥.

"죽음이 우리에게 아무것도 아니라고 생각하는 것에 익숙해져라." 기원전 그리스의 철학자 에피쿠로스의 유명한 정식이다. 그는 죽음이 감각의 사라짐이라는 것을 우리가 인식하게 되면 불사(不死)에 대한 헛된 욕망을 제거할 수 있다고 주장한다. 또한 죽음은 어떤 체험된 경험 대상일 수 없기 때문에 죽음과 결부된 걱정은 문자 그대로 대상이 없는 것이라고 그는 결론짓는다. 금욕적 쾌락주의자인 그의 마지막 편지를 읽어보자.

내 생에 마지막 날이자 가장 행복한 날에 쓰네. 나는 장과 방광에 병이 생겼는데 정말 고통스럽다네. 세상에 아마 이보다 참기 힘든 고통은 없을 것이네. 하지만 나는 영혼의 만족을 통해 그 모든 고통을 잊고 있다네. 우리가 추론하고 발견했던 것들에 대한 기억이 내게 영혼의 만족을 가져다주고 있다네.

거의 같은 연대를 살다간 장자의 생각도 에피쿠로스의 생각과 비슷하다. 대지는 육신을 주어서 우리에게 짐을 지우고, 삶을 주어서 우리를 힘들게 하고, 늙음을 주어서 우리를 편안하게 하고, 죽음을 주어 우리를 쉬게 한다는 것. 따라서 삶이 좋은 것이라면 죽음 또한 좋은 것이라고 장자는 말한다.

장자의 마지막은 장중하면서 유머가 넘친다. 장자의 죽음이 다가오면서 그의 제자들이 성대한 장례를 치를 채비를 하자 장자는 태양과 대지가 자신의 관이라며 시신을 들판에 던져두라고 명한다. 그러자 제자들은 스승의 시신을 까마귀와 독수리에게 쪼아 먹히게 할 수 없다고 강력 반발한다. 그러자 장자는 다음과 같이 말한다.

땅에 묻지 않는다면 까마귀와 독수리 밥이 될 테지만, 묻어봤자 개미 밥밖에 더 되겠느냐? 너희들은 까마귀와 독수리 부리에서 먹이를 꺼내 개미 입에 채워주려 하는 것이다. 너희들은 어찌하여 개미들 편만 드느냐?

이렇게 에피쿠로스나 장자처럼 죽음이 아무것도 아닌 양 우리도 이 삶을 가볍게 지나갈 수 있을까? 장자가 정신병자가 아닌 다음에야 자신의 아내가 죽었을 때 마냥 즐거워 대야를 두드리며 노래를 부르지는 않았을 것이다. "아내가 죽었을 때 나라고 처음에는 남들처럼 슬프지 않았겠는가?" 하고 말하는 장자도 우리와 같은 인간이었다. 다만 그는 자연의 이치를 알기에 슬픔을 그친 것이다. 어떻게 해야 우리도 이 슬픔의 강을 건너갈 수 있을까?

장자의 대야와 죽어가는 자의 눈물 사이의 거리. 내 삶과 죽음 사이의 거리. 꽃 활짝 핀 벚나무 아래에 서서

웅웅거리는 나무의 떨림을 듣는다. 벌들을 받아들이는 모든 꽃잎들의 떨림. 너무 환해서 눈물이 난다. 그랬으면, 그랬으면 좋겠다.

존엄하게 죽을
권리

"제가 의사 기계라고 말한 적 있죠. 어떤 경우든 환자를 살리는 행위를 하는 게 의사의 의무 아닌가요?"

"암이나 기타 질병으로 이제 거의 마지막까지 온 환자에게 굳이 수액을 주고 콧줄을 삽입해 음식물을 투입하는 것이 우리의 의무일까요?"

"더 살 수 있는데 죽도록 지켜보고 있을 수만은 없지 않습니까?"

"다가온 자연의 현상을 우리가 막을 수는 없잖아요.

팔을 묶고서라도 그렇게 하겠다는 건 비인간적인 것이죠."

"환자가 자기 의사를 표현하지 않은 이상 생명 연장은 인간의 의무이고 또 의사의 의무죠. 우리의 환경과 기술이 가능한 한에서 그 생명의 연장에 개입하는 것은 당연한 것 아닌가요?"

"환자에게도 존엄하게 죽을 권리가 있습니다. 팔을 묶은 채 억지로 음식물을 투입하고 수액을 주고 산소를 공급하는 것은 그 권리를 빼앗는 겁니다."

얼마 전 어느 자리에서 요양병원에 근무하는 동료 의사와 나눈 대화다. 그와 이야기를 하면서 환자의 권리, 그 존엄하게 죽을 권리를 다시 한 번 생각해보게 되었다. 어디까지가 외부인인 우리가 개입할 경계일까?

지금도 병실에는 나의 개입으로 생명을 연장하는 노인들이 있다. 여러 해 동안 뇌 병변으로 침대에만 누워 있던 노인이, 먹으면 토해내고 해서 수액을 달았다가 그 수액마저도 혈관을 찾지 못해 포기하고 콧줄을 꽂은 경우. 치매 노인이 밥을 먹지 않아 팔을 묶고 수액을 주는 경우 등. 이러한 상황의 기준은 의사 혹은 보호자라는 외부자의 관점에 의한 것이다. 그렇다면 그 노인의 입장에서 생각한다면 나의 이 조치들은 정당화될 수 있을 것인가?

대부분의 사람들은 자신이 늙어 이런 상황이 된다면 아마 그와 같은 폭력적인 개입을 거부할 것이고 존엄한 죽음을 원할 것이다. 최소한 그렇게 믿는다. 그러나 존엄한 죽음, 혹은 죽을 권리란 무엇인가? 철학자 한스 요나스의 말처럼 "이 무슨 기묘한 단어 조합이란 말인가?" 물론 이 기묘함은 요나스의 말처럼 생명에 대한 우리의 권리에서부터 나온다는 것은 분명하다.

생명/죽음에 대한 권리. 그러나 시골에서 노동으로 점철된 삶을 살아온 노인들에게 죽음은 너무 두렵고 무거운 것이다. 살려 달라고 나의 손과 의사 가운을 잡아끄는 노인들에게 죽음에 대한 권리를 어떻게 주장하라고 말해야 하는가? 어쩌면 그들은 생명에 대한 권리조차도 제대로 누리지 못했을 것이다.

요즘 '사전연명의료의향서'라는 것을 신청 받는데 이것은 회생 가능성 없이 임종 과정에 있는 환자에 대해

의학적으로 무의미한 연명의료를 하지 않거나 중지할 수 있도록 하기 위한 것이다. 그러나 연명치료 거부란 '심폐소생술'과 '혈액투석', '항암제 투여', '인공호흡기 착용' 등을 하지 않겠다는 것이지 수액을 맞거나, 코로 산소를 공급하거나, 콧줄로 영양을 공급하는 것을 거부하는 것이 아니다. 콧줄인 레빈 튜브를 꽂을 것인가 아닌가는 의학적 판단이나 연명치료 거부의 문제가 아닌 관계적 판단의 문제여서 보호자와의 소통에 늘 어려움이 있다. 콧줄을 무의식적으로 빼지 못하게 침대 난간에 팔을 묶어야 하는 아주 난감한 문제가 남아있기 때문이다.

그러나 사실 문제의 핵심은 의사인 나의 선택이나 환자인 노인의 결단에만 있는 것은 아닐 것이다. 존엄하게 죽을 수 있는 사회적 환경과 문화를 만들어주는 것이 필요할 것이다. 많은 노인 복지 정책들이 만들어지고 요양병원과 요양원들이 세워지고 있다. 그러나 그 공간들과 정책은 노인들을 격리하여 수용하는 데 급급하고 있다.

오늘도 아침 회진을 돌면서, 가쁜 숨을 내쉬며 눈도 제대로 못 뜬 채 마지막 남은 생명의 불꽃을 태우고 있는 노인들을 본다. 온몸은 부어오르고 피부는 마른 낙엽처럼 부서지고 있다. 의사인 나는 어디까지 가야 하고, 어디서부터 멈춰 서있어야 하는가?

미래의 저 침대에 누워있는 나를 상상한다. 환자인 나는 어디쯤에 멈춰 서서 나를 존엄하게 보내줄 수 있을 것인가? 죽음에 대한 권리가 자살할 권리만이 아니라면 그것은 생명에 대한 권리일 것이고, 이제 생명이라는 이 뜨거운 쇠막대기를 쥐고 나는 이를 어찌 구부릴 것인지. 허공을 두드리니 메아리가 인다는 선승의 말이 떠오른다.

이팝나무,
죽음을 바라보는
환한 시선처럼

　거의 열흘 이상을 아무 음식도 먹지 않는 할머니가 있다. 가족들과 상의해서 콧줄은 하지 않기로 한 상태였다. 가족들의 말처럼 스스로 '곡기'를 끊은 것이다. 치매는 없는 상태였기에 회진 때마다 내 말에 약한 반응과 의사 표현은 하는 편이었다. 그런 할머니가 오늘 아침 회진 때 내 눈을 한참이나 올려다보는 것이었다. 맑고 선한 눈빛, 아무것도 섞이지 않은 고요한 눈빛으로. 매력적인 여인이 주는 눈빛이 아니면서도 나의 가슴이 설레었던 것을 어떻게 설명할 수 있을까. 어쩌면 죽음의 눈빛이 아니었을까. 의사인 나에게 삶을 의탁하는 것이 아니라 이제는 죽음에 의탁하겠다는 눈빛이 아니었을까.

데미안 허스트라는 현대 미술 작가가 있다. 1965년 영국에서 태어난 이 작가는 현재 세계 최고의 작가라는 호평을 받고 있다. 평론가들은 그의 작품의 주제를 죽음을 대면하는 인간 심리의 모순된 욕망과 허위의식이라고 말한다. 그의 작품들은 이런 식이다. 4미터나 되는 죽은 상어를 방부제인 포름알데하이드가 가득 찬 수조에 넣고 헤엄치게 하면서 그 제목을 '살아있는 사람의 마음속에 존재하는 죽음의 물리적 불가능성'이라고 붙였다. '십자가 수난상'이라는 작품은 십자가에 알약을 촘촘히 붙여놓았고, '휴가'라는 작품은 우리가 늘 보는 약국의 약 진열장과 그 공간을 촘촘히 채운 약 포장 박스들이었다. 색색의 알약들을 보기 좋게 진열한 작품은 제목이 '죽음의 춤'이다. 여러 평론가들의 말을 빌리자면, 이렇게 많은 약을 먹어도 죽음은 피해갈 수 없다는 메시지로 읽을 수 있다는 것이다.

그의 작품 가운데 가장 화제가 된 작품은 '신의 사랑을 위하여'라는 제목이 붙은 다이아몬드로 장식한 해골일 것이다. 실제 18세기경에 살았던 남자의 해골에 8,601개의 다이아몬드를 붙인 이 작품은 980억 원에 판매되었다고 한다. 그는 이 작품에 대해 "죽음의 상징인 두개골에 사치의 상징인 다이아몬드를 덮어버림으로써 욕망 덩어리인 인간과 죽음의 상관관계를 조망하고 싶었다"고 설명한다. 그 다이아몬드 해골과 뺨을 맞대고 찍은 데미안 허스트의 사진을 한참이나 들여다보았다.

　해골은 상징적으로 삶의 무상함을 드러낸다. 요릭의 해골을 받아든 햄릿처럼 우리는 이렇게 중얼거린다.

　알렉산더는 먼지가 된다, 먼지는 흙이다, 흙으로 찰흙을 만든다. 그러니 결국 알렉산더가 변해서 된 찰흙으로 맥주통을 왜 막을 수 없겠는가? / 제왕 시저 죽어서 흙이 되어 / 구멍 때워 바람막이 될 수도 있으리니, / 오, 한 시대를 두려움에 떨게 했던 그 흙덩이 / 지금은 벽을 때워 찬바람을 막는구나!

또한 해골에 뼈 두 개를 교차해놓은, 우리가 흔히 해적 깃발로 알고 있는 그 상징을 통해 해골은 죽음과 부활의 순환을 의미하기도 한다.

한편으로 해골은 성스러운 것으로 인식되기도 해서 지금도 옛 아즈텍 멕시코 지역에서는 매년 '죽은 자의 날'에 무덤을 열고 해골과 뼈를 깨끗이 닦아낸다. 얼마 전 텔레비전에서 보여주었던 그 '죽은 자의 날'에 아흔 살이 넘은 할머니가 보여준 눈물이 기억에 남는다. 그녀는 50여 년 전에 15개월을 살다가 죽은 자신의 딸의 해골과 뼈를 쓰다듬으며 그 딸이 보고 싶다고 눈물을 흘렸다. 주먹만 한 해골이었다. 애니메이션 영화 '코코'는 이 전통을 가지고 만든 영화다.

나는 데미안 허스트의 해골 작품이 충분히 그의 의도를 전달하고 있다고 생각한다. 아무리 다이아몬드로 삶을 치장한들 우리 모두는 언젠가 해골이 된다. 그러나 그 해골이나 죽은 동물들의 사체 작품이 던져주는 죽음의 메시지가 도달하지 못하는, 혹은 놓치고 있는 점이 하나 있다. 그것은 죽어가는 자의, 아직은 살아있는 자의 눈빛이 던져주는 죽음에 관한, 혹은 삶에 관한 중요한 비밀이다. 그 시선과 시선의 마주침이야말로 비밀의 문이다. 해골의 뻥 뚫린 구멍은 우리를 죽음의 어둠 속으로만 빨아들인다.

죽음의 시선. 그것은 다만 물리적인 시선, 시공간적인 시선만은 아닐 것이다. 이 세상을 살아가는, 그리하여 죽어가는 모든 이들이 내게 보내오는 시선들이 있을 것이다. 눈을 감고 잠시 그 시선들을 느껴본다. 여전히 무겁고 아프다. 해골을 내가 무상하게 바라보는 것이 아니라, 그 해골들이 나를 의미 있게 들여다본다고 해야 옳겠다. 이팝나무들도 환하게 나를 들여다본다. 여전히 무겁고 아프다. 그러나, 그것이 옳다.

말해보라,
경계가 어디인가?

"아니, 도대체 환자를 어떻게 치료했으면 입원한 지 하루 만에 폐렴으로 돌아가실 지경에까지 이르렀냐 말입니다!"

환자 아들의 목소리는 점점 커져 진료실 밖으로까지 흘러 나갔다. 급히 대학병원의 중환자실로 옮겨 돌아가시지는 않았지만, 상태가 많이 좋아지지 않자 섭섭한 보호자들이 항의하러 몰려온 것이었다.

"폐렴이란 것이 생각하시는 것처럼 천천히 진행되는

게 아닙니다. 급격하게 온다고 보시면 됩니다. 어떤 병이든 노인들이 돌아가시는 대부분의 병은 폐렴입니다."

"의사가 환자에게 폐렴이 왔는지도 모르고 지나왔다면 직무태만 아닙니까? 무슨 이런 병원이 다 있어? 간호사들도 불친절하고 간병사들도 환자 간병 엉망으로 하고 말이야. 직원 교육 똑바로 시키세요."

결국엔 또 훈계를 들었다. 그러나 일이 더 커지지 않으려면 머리를 숙이고 고개를 끄덕이는 수밖에 없다.

보호자의 어머니는 1년 전, 간에 악성 종양이 발견되었고 뇌에도 원발성인지 전이성인지 알 수 없는 종양이 발견되어 몇 차례 방사선 치료와 항암치료를 한 상태였다. 폐에서도 전이성 암이 의심 되었지만 검사는 더 하지 않았다고 했다.

"이런 시골 3류 병원에는 오지 않는 건데. 괜히 고향이라고 이모 말만 듣고선…… 이럴 거면 항암치료는 왜 했냐 말이야."

아들은 생각할수록 어이없다는 표정이었다. 결국 그들은 치료상의 문제는 없었나 따지려는 듯 환자가 입원해 있었던 4일간의 진료 기록과 방사선 사진을 복사해

들고 갔다.

생각해보면 이해하지 못할 일도 아니다. 그 힘든 방사선치료와 항암치료를 지나왔는데 며칠 만에 그 흔한 병인 폐렴에 나가떨어진다는 건 이해하기 힘들었을 수도 있겠다.

그러나 대부분의 우리가 마지막으로 마주치는 질병인 폐렴은 오랜 기간 누워 지내는 노인 환자들에겐 대항하기 힘든 괴물이다. 폐는 이미 탄력을 잃었고 점액과 찌꺼기는 자연스럽게 배출되지 못한다. 기침과 같은 기초적인 대응도 할 수 없어 폐포들은 염증으로 파괴된다. 항생제도 힘을 발휘하지 못하는 때가 오는 것이다.

"대학병원 교수님이 8개월은 사신다고 했는데 이렇게 빨리 가버리시다니, 항암치료는 왜 했는지 모르겠습니다."

가끔 돌아가신 노인들의 장례가 끝나고 보호자들이 진료실로 인사하러 올 때면 나는 그들의 대상 없는 섭섭함을 읽는다. 왜 섭섭하지 않겠는가. 그러나 8개월은 다른 일이 벌어지지 않을 때의 경험적 평균치일 뿐이다.

우리는 '8개월' 뒤에 숨고, 항암제 뒤에 숨고, 항생제

뒤에 숨고, 의사, 병원, 제도 뒤에 숨는다. 마치 그것들이 우리를 죽음으로부터 보호해줄 듯이 말이다. 그러나 그것들은 우리를 완벽하게 보호해주지 못한다. 그럼에도 우리는 그것에 매달리면서 다가오는 죽음과 친밀해지는 시간을 갖지 못하고, 떠나가는 이들과 이별할 마음의 준비를 하지 못한다.

삶에 대한 집착과 미련을 가져야 할 때와 그것들과 이별할 때의 경계를 아는 것은 어려운 일이다. 더 살 수 있는데도 미리 죽음에 다가가는 사람이 어리석다면, 이미 다 와버린 삶을 뒤돌아보며 애타하는 사람도 어리석다. 경계를 아는 것은 어쩌면 불가(佛家)에서 말하는 경계를 뛰어넘는 일이기도 할 것이다.

이 글을 쓰고 있는 어두운 진료실로 다시 전화가 온다. 오늘 갑자기 폐렴에 걸린 노인이 마침내 호흡을 멈추었다는 전갈이다…… 이 문장은 노인의 심장이 완전히 멈추기를 기다려, 사망 선고를 하고 내려온 후 쓴다. 문장과 문장 사이에 한 죽음이 있다. 말해보라, 경계가 어디인가?

자귀나무 꽃
경전을
읽다

코로 산소를 공급하지 않으면 조금도 견딜 수 없는 폐와 심장을 가진 노인이 잠시라도 집에 갔다 와야겠다고 고집을 부리며 간호사들과 실랑이를 벌이고 있다. 며칠마저도 견딜 수 없을 것 같은 노인이다.

"도대체 지금 당장 하지 않으면 안 되는 일이 뭡니까?" 도무지 이해되지 않는 말을 하는 노인을 향해 내가 쏘아붙였다. 그러자 노인이 헐떡거리며 대답한다.

"염소 밥을 줘야 돼. 염소 사료를 사다가 그놈들 먹여야 돼. 안 그럼 죽어!"

　　진리의 몸, 그 불가사의하고 무한한 빛에게

　　연꽃의 신이여, 평화의 신이고, 분노의 신들인 완
전한 능력의 몸에게

　　생명 가진 모든 것들의 수호신이며 연꽃 위에서
태어난 화신 파드마삼바바에게

　　대양의 법신(法神), 무지개의 보신(報神), 비의 화신
(化神), 이들 세 개의 몸과

　　이 세상 모든 어둠을 물리치는 영적 스승들에게
머리 숙여 절하노라.

　　다시 『티베트 사자의 서』 첫 장을 읽는다. 죽음의 순간
에 이르러 오직 단 한 번 듣는 것만으로도 생과 사의 굴
레를 벗어 던지고 영원한 자유에 이르게 한다는 책. 죽
음 이후의 49일 동안 우리가 보게 되는 빛의 환영들, 그
투명한 빛, 흰빛과 붉은빛과 초록빛과 노란빛 등등. 그
러나 우리의 삶이 환영이듯 이 모든 것들도 환영이다.
있음의 없음, 없음의 있음. 인간은 분명한 의식을 지닌

채 마음의 평정을 이룬 상태에서 죽음을 맞이해야 한다, 그리고 육체의 고통과 질병을 정신적으로 초월할 수 있는 바르게 훈련된 지성을 가지고 있어야 한다, 책은 그렇게 말한다. 49일, 이 세계와 저 세계 사이인 중음(重陰), 바르도의 그 첫 날을 지나 책을 덮는다.

티베트 불교는 우리가 남기고 간 육신을 대자연과 독수리에게 바친다. 그것을 조장(鳥葬)이라고 부른다. 태아의 자세로 흰 천에 싸인 죽은 자가 산정 넓은 터에 내려진다. 흰 연기가 깃발처럼 독수리 떼를 부른다. 조장사가 날카로운 칼로 죽은 자의 등뼈 윗부분에서 아랫부분으로 일자로 길게 그은 다음 양쪽으로 살을 도려낸다. 도끼와 망치로 사지를 절단한 다음 그것을 최대한 토막내 살과 뼈로 분리한다. 두피와 얼굴을 뼈에서 발라내고 상체의 가슴 근육을 발라낸 다음 큰 칼로 내리쳐 상체의 앞가슴을 절개해 내장을 꺼낸다. 잘게 부수어진 육신은 티베트인들의 주식인 짬바와 잘 버무려져 고루고루 뿌려진다. 독수리 떼들이 달려든다. 머리를 망치질해 쏟아진 뇌수를 미리 태운 뼛가루와 섞어 다시 독수리 떼에게

뿌린다. 독수리들이 죽은 자를 다 먹고 하늘로 올라가면 죽은 자도 이제 더 좋은 곳으로 날아가 환생한다. 하나의 삶이 여기서 끝이 난다. (심혁주, 『아시아의 죽음문화』 중 「티베트인의 죽음과 환생」 참조)

　　그러나 사람들은 너무 쉽게 이야기한다. 사람들이 "나는 내가 죽는다는 것을 안다"고 말하는 것은 경험적 판단이라기보다는 그저 선험적 판단일 뿐이다. 나는 죽음을 경험해보지 못했고, 판단은 결코 내 사지를 절단하지 않는다. 사람들이 "나는 내 죽음을 담담히 받아들일 자신이 있다"고 말하는 것은 지성의 추론일 뿐이다. 추론은 결코 내 머리를 박살내지 않는다. 어느 누가 존재하지 않음이라는 무지막지한 폭력 앞에서 그렇게 쉽게 말을 내뱉는가. 가벼움. 두려움. 책을 덮고 병실로 올라간다. 어쩌면 죽음을 머리로만 받아들이면서 우리는 현실적 폭력에 순응하는 것인지 모른다. 폭력에 의해 죽어간 사람들의 죽음을 머리로만 가볍게 받아들인다. 입으로만 경전을 읽고 있는 것과 같다.

　　지난밤 비에 자귀나무들이 분홍빛의 왕관 같은 꽃들

을 머리에 이고 서있다. 주인을 잃은 푸른 염소들이 날아와 자귀나무 꽃들을 뜯어 먹고, 여름 뭉게구름들이 염소의 구불구불한 뿔들에 뭉쳐져 있다. 방으로 들어와 다시 책을 펼쳐 든다. 자귀나무 꽃 경전이 죽음을 설법(設法)하고 있다.

이
낯선 부재(不在)를
어찌할 것인가?

"원장요, 내 어짜노. 내 이제 죽나? 내 이제는 죽나? 살
수는 있겠나? 아무꺼도 못 묵겠는데 내 살 수는 있겠나?
내 낫게 해줄 끼제?"

회진 때마다 내 손을 꼭 붙잡고 놓아주지 않던 90세
노인이, 오후 반나절 외출에서 돌아와 보니 심장이 거의
멈춰있다. 사물들을 닮은 얼굴 표정과 엄숙한 낯빛을 한
부재(不在). 노인이 빠져나간 그 둥근 부재의 공간이 이
제는 그 자체로 존재가 되어 나를 낯설게 한다. 낯선 부

재의 작동하는 반복. 그 반복이 생산하는 먹먹함.

한 달째 아무것도 먹지 않는 노인에게 이제는 아무 말도 건네지 않는다. 그저 손만 한번 잡아주고 가면 노인은 잠시 눈을 떴다가 다시 감는다. 노인은 지금 스스로의 부재를 기다리고 있다. 대침묵. 아이의 흔들리는 이처럼, 지금 노인의 자리는 존재가 떨어져 나가고 부재가자리 잡을 그 윤곽이다. 며칠 후면 저 침대는 빈 침대가될 것이다.

중국 선종의 육조(六祖)인 혜능으로부터 깨달음을 얻은 혜충 선사는 어느 날 기인(奇人)인 양 스스로 우쭐대는 한 도사에게 다음과 같이 말한다.
"내가 도사님에게 하려는 이야기는 도사님의 고정관념을 깨주려는 것입니다. 도사님은 이제껏 외도(外道)만 배웠을 뿐 인생의 참뜻에 대해서는 관심이 없지요. 도사님의 최고 경지래야 '산을 보면 산, 물을 보면 물' 정도에지나지 않으니 무슨 쓸모가 있겠습니까. 제가 알려주고싶은 참된 대도(大道)란 '산을 보아도 산이 아니고, 물을 보아도 물이 아니다'여야 합니다. 몸 밖의 것에 대한 집착에서 벗어나 인생의 번뇌에서 해탈되어야 비로소 참뜻이라 할 수 있지요."

어떤 사물의 구속도 받지 않으며 어떤 고정관념에도 집착하지 않음. 그러나 이 경지는 과연 누구의 것인가. 언제나 어리석은 우리 대중들은 저 도도한 선승들의 '원맨쇼'를 보면서 절망감과 시기심으로 가슴을 치며 합장을 한다. '산은 산이고, 물은 물'인 경지조차도 우리에겐 너무 멀다. 몇 번을 더 겪어도 부재(不在)는 언제나 낯설다.

텔레비전의 한 드라마. 병으로 죽어가는 한 여인이 주변의 사람들에게 작은 선물을 주는 장면들에서 자꾸 눈물이 난다. 티셔츠, 구두, 가발, 반지 등등. 그것들은 곧 다가올 부재의 기호들이다. 준 사람은 사라지고 빈 공간으로만 실존하는 사물들, 존재가 빠져나간 둥근 부재의 가장자리에 들러붙어 있는 기호들.

삶이란 늘 그랬다. 늘 그래왔기 때문에, '산은 산이고 물은 물'인 것처럼 부재는 부재로서 온다. 부재는 언제나 나에게 낯설고, 그 부재는 언제나 우리의 삶으로부터 조금씩 삐뚤게 놓인 신발처럼 놓여있다.

어쩌면 혜충 선사라는 중은 틀려먹었을지도 모르겠다. 참된 대도를 '산을 보아도 산이 아니고, 물을 보아도 물이 아니다'여야 한다고 한 발 더 나간 순간, 그는 절벽 아래로 떨어져버렸다. 차라리 뒤돌아서서 거꾸로 한 바퀴 더 돈 다음에 '산을 산에게 물을 물에게' 되돌려주는 것이 더 옳았을 것이다.

어쩌면 부재는 언제나 이렇게 낯설고 먹먹하지만 그 부재들이 만들어내는 작은 떨림들, 그 떨림의 섬세한 차이들이 산을 산으로, 물을 물로 보이게 하는 것은 아닐까 — 이렇게 말해 놓고 보니, 내가 지금 무슨 말을 하고 있는지 모르겠다. 알은체는 한 것 같은데 뭘 알은체 한 것인지 모르는 것이다. 맙소사.

내게 부재(不在)는 아직 부재(不在)한 것이다.

천 개의
바람처럼

라디오에서 흘러나오는 '내 영혼 바람 되어'라는 노래에 빠져든다. 강을 따라 커브 길을 돌아가던 차가 잠시 물살을 타듯 흔들린다.

> 그곳에서 울지 마오
> 나 거기 없소, 나 그곳에 잠들지 않았다오
> 그곳에서 슬퍼 마오
> 나 거기 없소, 나 그곳에 잠든 게 아니라오

나는 천의 바람이 되어

찬란히 빛나는 눈빛 되어

곡식 영그는 햇빛 되어

하늘한 가을비 되어

그대 아침 고요히 깨나면

새가 되어 날아올라

밤이 되면 저 하늘 별빛 되어

부드럽게 빛난다오.

　과거 인디언들의 구전 시가이거나 1900년 초반의 영미시라고 알려진 「천 개의 바람(A Thousand Winds)」이라는 글을 한국의 김효근이라는 분이 번역하고 거기에 곡을 붙인 노래이다. 배우 존 웨인이 낭독했다거나, 마릴린 먼로의 장례식 때 읽혀졌다거나, 미국 9·11 참사 때 한 소녀에 의해 읽혀졌다거나 하는 유명한 에피소드가 아니더라도, 아름답고 감동을 주는 노랫말이다.

　이런 내용일 것이다. 내가 묻혀있는 묘지에 나를 사랑하던 누군가가 엎드려 울고 있다. 더 이상 볼 수 없다는 아쉬움과 막막함으로 꺼질 것 같은 그의 어깨를 바람이 붙들고 속삭인다. "그는 이제 여기에 없소. 그는 이제 천 개의 바람, 눈 위의 다이아몬드처럼 반짝이는 빛, 가을 들판의 곡식 위로 쏟아지는 햇빛, 하늘하늘한 가을비, 상쾌한 아침의 날아오르는 새, 밤하늘의 반짝이는 별빛, 그 모든 것이라오." 죽은 그는 이제 나를 감싸고 있는 온 우주가 되는 것이다. 그러므로 우리의 슬픔도 덧없는 것 이다.

그러나 이 관점은 한편으로 생각해보면 나를 떠난 내 사랑들이 영원히 내 곁에 있을 것이라는 자기 위로에 다름 아니다. 죽음 이후의 상태에 대해 그와 비슷한 대상을 가져와 표현하는 은유나 다른 것의 몸을 빌려 표현하는 환유를 사용하기에는, 그 죽음 이후의 상태에 대해 우리가 아는 것이 너무도 없다. 전혀 알지 못하는 것에 대한 은유나 환유는 불가능하다. 그러므로 그것은 차라리 죽음을 바라보는 우리 마음에 대한 은유나 환유에 다름 아니다.

우리는 어느 날 문득, 길을 가다가 문득, 누군가가 더 이상 이 지상에 존재하지 않는다는 사실에 놀란다. 문득 사라지고 없는 동생, 이제 더 이상 만날 수 없는 엄마,

고개 돌리면 서있을 것 같은, 회진 돌 때마다 언제나 아프다고 손을 내밀던 할머니들. 그들은 이제 어디에 있을까? '천 개의 바람'이 되었을까? 물론 우리는 그것을 믿지 않는다. 죽음에 대한 우리의 사고는 그저 딱딱한 두려움을 감싸고 있는 부드러운 미학적 수사일 따름이다. 죽음에 관한 한 우리는 모두 속류 유물론자들이다. 죽음이 끝이라거나 새로운 시작이라고 믿는 한에 있어서 우리는 살아있는 이 육체를 절대화하기 때문이다.

이야기를 좀 먼 곳으로 돌려보자. 2001년 6월 30일 WMAP(Wilkinson Microwave Anisotropy Probe) 위성을 싣고 델타II 로켓이 미국 플로리다의 케이프커내버럴 공군기지에서 발사되었다. WMAP는 우주 마이크로파 배경복사를 측정하여 우주의 지도를 그려줄 참이었다. WMAP가 보여준 배경복사의 모습은 우주가 생겨나고 약 38만 년 후의 빛의 지도였다. 그리하여 WMAP가 표준 우주론에 따라 계산한 우주의 역사는 137억 년이었다. 물론 이것도 지난 이야기가 됐다. 2009년 유럽우주국과 NASA가 쏘아올린 프랭크는 우주의 역사가 이것보다 8000만 년 더 오래된 138억 년이라고 계산했다.

138억 년 전 한 점이 이른바 빅뱅의 폭발을 하면서 3초 만에 우주가 만들어졌다. 상상이 되는가? 우리 지구가 속한 태양계가 있고, 태양과 같은 항성 수천만에서 수천억 개가 모여 우리 은하를 이루고, 그 수많은 은하가 모여 은하단을 이루고(가령 코마 은하단은 천 개가 넘는 은하로 이뤄졌다 한다), 그러한 은하단들이 수없이 모여 우주를 형성한다.

그런데 이런 밤하늘의 별들로 우리가 보고 있는 물질은 우주의 4퍼센트에 불과하다고 한다. 아무리 성능 좋은 천체 망원경이 만들어져도 우리가 볼 수 있는 우주는 아주 작다는 것이다. 우리 우주의 약 27퍼센트가 물질로 되어 있는데 우리가 익히 아는 원자로 이루어진 보통의 물질은 우주의 4퍼센트, 나머지 23퍼센트는 원자가 아닌 물질 즉 무언지 모르지만 아무튼 중력이 작용하는 암흑 물질이라는 것이다. 그렇다면 나머지 73퍼센트는? 그것은 에너지 형태로 존재하는 이른바 암흑 에너지라고 한다.

밤하늘의 별을 쳐다본다. 우리는 누구인가? 문득 파

스칼(1623~1662)의『팡세』에 나오는 한 구절이 떠오른다. "인간은 자연에서, 그것도 가장 약한 갈대에 불과하다. 그러나 생각하는 갈대다. 우주(자연)는 팔을 뻗어 인간을 때려눕힐 필요가 없다. 한 개의 물방울이나 수증기로 인간을 죽일 수 있다. 그러나 우주(자연)가 인간을 공격한다면 인간은 그를 죽인 살인자보다 더 고귀하게 변할 것이다. 왜냐하면 인간은 자신이 죽어가고 있다는 사실과 우주(자연)가 준 장점(교훈)이 무엇인지를 알기 때문이다. 그러나 우주(자연)는 이러한 것을 전혀 모른다."

한때는 아름다웠던, 이러한 인간의 인식과 의지에 관한 인문주의적 낙관을 이제는 더 이상 동의할 수 없게 되었다고, 나는 별을 보면서 생각한다. 물론 우리는 약한 갈대이고 138억 년은 우리가 도저히 상상할 수 없는 것이다. 하지만 우주는 아무것도 모르는 존재가 아닐 것이다. 오히려 나는, 혹은 우리는 138억 년의 극축소된 증거이고 흔적이지 않을까? 우리가 우리의 부처인 것처럼, 내가 아는 것을 우주가 알고 또 우주가 아는 것을 우리도 알 수 있는 것이 아닐까 몽상해본다.

이제 몇 시간 후면 심장이 멈추고, 사흘이 지나면 흙

으로 돌아갈 가쁜 숨을 내쉬고 있는 한 할머니를 내려다본다. '곧 존재하지 않을 것'이라는 생각이 나를 놀라게 한다. 병실에서 내려와 밤하늘을 올려다본다. 봄바람에 묻어 꽃향기가 나를 감싼다. 죽어서 어디를 가느냐고? 어쩌면 우리는 죽는 순간, 저 넓은 온 우주로 빅뱅처럼 가득 퍼지지 않을까?

치매,
영혼의 정전(停電)?

나만 보면 욕을 해대는 노인이 있다. "시발놈아, 빵 한 개 도고." 아들의 이름만은 언제나 추임새처럼 불러대는 그 노인이 귀여워서 일부러 욕을 북돋우기도 한다. 노인이 욕하지 않으면 괜히 걱정부터 앞선다.

다른 병실. 밥은 먹지 않고 반찬만 먹는 노인이 있다. 말 한마디 없지만 가끔씩 너무 난폭해져 팔이 묶이기도 한다. 회진 돌다가 너무 안타까워서 팔을 풀어주고 다시 돌아와 보면, 간병하시는 분들이 감당이 안 돼 다시 묶어놓았다.

또 다른 병실. 하루 종일 밥 먹는 시늉을 하는 노인이 있다. 금방 밥 먹고 나서도 배가 고프다는 듯이, 알아들을 수 없는 소리를 내며 그 시늉을 하고 있다. 가짜 반찬을 먹느라 탁상을 너무 콕콕 찍어 손끝에 굳은살이 잡혔다.

어머님이 예전 같지 않게 정신이 가물거리신다.
갑색 양복의 손님을 두고 아우 잡으러 온
안기부나 정보과 형사라고 고집하실 때.
아궁이에 불 지핀다고 안방에서 자꾸 성냥불을 켜
시곤 할 때.
내 이 슬픔을 어찌 말로 할 수 있으랴?
(중략)
새벽 교회 찬마루에 엎드려 통곡하던
그 하나님을
이제 어머님은 더 이상 부르실 줄 모른다.
당신의, 이 영혼의 정전(停電)에 대해서라면
내가 도망쳐 나온 신전의 호주를 부르며
다시 한 번 개종하고자 하였으나

할렐루야 기도원에 모시고 갔는데도 당신은

내내 멍한 얼굴로 사람을 북받치게 한다.

황지우 시인의 「이 세상의 밥상」이라는 시의 한 부분이다. '영혼의 정전'인 치매에 걸린 어머니에 대한 시다. 그는 "병든 노모와 앉은 겸상은 제사상 같다"고 표현한다. 치매, 그것은 살아있지만 죽은 자의 병인 것이다.

그들 모두 다 젊은 시절 사랑도 하고 자식도 낳고 일도 하며 그렇게 평범하게 살았을 것이다. 그런데 그 평범한 일상이 그들에게서 사라져버렸다. 그들의 육신은 남아있지만 이제, 그들은 이미 죽은 사람들일까? 나의 아내는 나중에 자신이 치매에 걸리면 죽여 달라고 한다. 그러나 우리는 누구를 죽여줄 수가 없다. 치매 환자들에게 우리는 존엄사를 이야기할 수 있을 것인가?

2012년 보건복지가족부의 통계에 의하면 우리나라 65세 이상 노인의 치매 유병률은 9.18퍼센트이다. 앞으로 수명 연장에 따라 노인 인구가 증가하면서 노인 10명 중 1명 이상은 치매에 걸릴 것이라는 예측이다.

물론 1801년 피넬이라는 의사가 '정신 기능의 부조화'

를 치매(dementia)로 묘사하고 20세기 초반 알츠하이머라는 사람이 병리학적으로 치매를 기술하기 이전부터 치매는 있어왔을 것이다. 가령 대부분 30~40대에 요절한 조선의 왕과 달리 83세까지 산 영조 임금도 치매 증상을 앓다가 세상을 떠났다고 전해진다. 그러나 영조 당시의 평균 수명이 40~45세 정도라고 추정해볼 수 있다면 치매를 앓을 만큼 오래 산 사람들은 별로 없었을 것이다. 문제는 평균 수명이 늘어나고 그만큼 치매에 걸릴 가능성이 높아지면서 발생한다.

인간이 인간인 것은 스스로 자기 의식을 가지고 그를 통해 타인과 관계를 맺는 한에서이다. 이도 저도 아닌 치매 환자는 잉여의 부분이며 보건복지 측면에서 —— 이것도 매우 중요한 측면이기는 하지만 —— 관리해야 하는 대상이기만 한 것일까? 우리는 이 '영혼의 정전'에 대해 무엇을, 어떻게 생각해야 할 것인가?

철학자 하이데거는 죽음을 '불가능성의 가능성'으로 불렀다. 즉 나의 죽음은 내가 진정한 내 자신이 되기 위해 파악하고 이해해야 하는 내 삶의 한계이며 동시에 그 가능성으로서의 계기라는 것이다.

그러나 치매를 생각하면 이 말은 틀렸다는 생각이 든다. 차라리 하이데거의 말을 뒤집은 레비나스의 '가능성의 불가능성'이라는 말이 더 맞을지도 모른다. 철학자 레비나스에게 죽음이란 진정한 자아로 가는 수단이 아니라 내 삶을 부수고, 수동적이고 무기력하게 만드는 것이다. 그러므로 그에게 죽음이란 나의 것이 아니라 오직 타인의 것이고 그에게 속한 것으로 이해된다. 치매의 경우로 이야기하자면, 치매는 치매에 걸린 나의 정신의 죽음으로만 이해되는 것이 아니라, 그 사건을 통해 변모하는 타인인 나의 놀라움과 눈물로 뒤집혀져 이해되어야 한다는 것이다.

'영혼의 정전'이 아니라, 봄이 목련나무 가지 끝에 흰 전등을 하나하나 켜듯이 오는 그런 환한 죽음─살림으로 우리는 치매를 받아들일 수 있을까?

그러나 생각해보면 나의 아픔이 타인의 거울이 되는 것으로 나의 불행을 위로하는 일은 의미 있어 보이지 않는다. 적어도 지금 우리가 가지고 있는 주체 개념으로 치매는 분명 '가능성의 불가능성'일 뿐이다. 치매의 상태 속에서 나는 '나 아닌 나'일 따름인 것이다.

오래지 않아 현대의학의 도움으로 치매가 만성 질환처럼 치료될 수 있어서 '영혼의 정전' 사태가 해결될 수 있을지도 모르겠다. 그러면 그 이전에 치매에 걸린 사람들은 시대를 잘못 만난 '운 없는' 사람들로 남을 것이다. 그러나 문제의 핵심이 '치료'이기만 할까?

어쩌면 '영혼의 정전'이라는 표현 자체가 문제일지도 모른다. 정전은 다시 전기가 들어온다는 것을 전제로 한다. '영혼의 정전'은 치매를 회복되어야 할 결핍으로만 보고 있는 것이다. 그렇다면 내 앞의, 이 영원히 불이 들어오지 않을 할머니들은 과연 누구이며, 누구라고 불러야 좋을까?

'눈이 부시게',
그리하여
'나무와 같이'

치매병동에서 연락이 왔다. 다른 병동에 있다가 자꾸 비틀거리며 병원 밖으로 나가려고 해서 치매병동으로 오늘 옮긴 환자인데, 침대 위에 올라서서 자꾸 병실 창문을 닫으려는 행동을 한다는 것이었다. 몇 달 전에도 이와 비슷하게 행동하던 환자가 침대에서 떨어진 경우가 있었다. 다행히 뼈는 부러지지 않았지만, 이런 상황은 노인병원에서 늘 있는 위험이다.

수면제 한 알을 먹이고 그녀가 잠들기를 기다린다. 아

직 60대 중반. 루이소체 치매로 진단받은 그녀는 자주 병원 복도를 총총 걸음으로 걸으며 보이지 않는 누군가를 불렀다. 누가 보였던 걸까? 너무 이른 발병에 가족들은 마음이 많이 아팠을 것이다. 아직은 멋을 부릴 나이인데, 가고 싶은 여행도 이제야 부담 없이 떠날 수 있는 나이인데……

병실을 기웃거려 본다. 밤 8시 30분. 어제 옆 할머니의 밥상을 기웃거리다가 손으로 얻어맞은 할머니의 멍든 눈 주변이 보랏빛으로 변해있다. 그 할머니는 눈을 뜨고 천장만 멀뚱멀뚱 바라보고 있다.

화장실을 가기 위해 엉덩이를 끌며 가던 할머니가 "어른 오셨습니까?" 인사를 하고 지나간다. 밤이니까 조용히 하시라고 내가 손가락을 입술에 대자, 자신도 손가락을 자신의 입술에 대고는 화장실로 몸을 끌며 간다.

늘 엄마, 엄마를 부르며 우는 할머니를 간병사가 옆에서 달래고 있다. 병원에서 가장 나이 많은 98세 할머니는 불 꺼진 방에서 자신의 사물함을 목적도 없이 뒤지고 있다. 보따리를 싸고 어디론가 가시려나 보다.

낮 시간 내내 집에 가야 한다고 문을 두드리던 할머니

도, 늘 배가 고프다던 할머니도, 몇 주째 목욕을 거부하며 귀신이 보인다는 할머니도 모두 잠들어 있다.

대체로 오늘 병동은 고요하다. 모두 무슨 꿈들을 꾸고 있는 것일까? 젊은 날의 꿈들을 꾸는 것일까? 고왔던 시절…… 분명 이들에게도 고왔던 시절이 있을 것이다. 가끔, 내가 주치의를 맡다가 돌아가신 분들의 장례식장에 갈 때, 고운 얼굴의 영정 사진을 보며 이분이 내가 아는 그분이 맞나, 의아해할 때가 많다. 너무 다른 얼굴을 가진 사람, 너무 고운 사람이 사진 속에 있기 때문이다.

그렇다면 지금 내가 이 병동에서 보고 있는 것은 그들의 망가진 시간과 얼굴일까? 늙음은, 이 치매병동은, 삶이 차마 떼어내지 못한 쓸모없는 잉여에 불과한 것일까?

얼마 전 '눈이 부시게'라는 텔레비전 드라마에서 치매 환자로 분한 배우 김혜자의 마지막 대사가 주목받은 적이 있었다.

내 삶은 때론 불행했고 때론 행복했습니다. 삶이 한낱 꿈에 불과하다지만 그럼에도 살아서 좋았습니다. 새벽의 쨍한 차가운 공기, 꽃이 피기 전 부는 달큰한 바람, 해질 무렵 우러나는 노을의 냄새…… 어느 하루 눈부시지 않은 날이 없었습니다. 지금 삶이 힘든 당신, 이 세상에 태어난 이상 당신은 이 모든 걸 매일 누릴 자격이 있습니다. 대단하지 않은 하루가 지나고 또 별거 아닌 하루가 온다 해도 인생은 살 가치가 있습니다. 후회만 가득한 과거와 불안하기만 한 미래 때문에 지금을 망치지 마세요. 오늘을 살아가세요. 눈이 부시게! 당신은 그럴 자격이 있습니다. 누군가의 엄마였고, 누이였고, 딸이었고, 그리고 나였을 그대들에게……

아름다운 구절임에 틀림이 없다. 그러나 생각해보면 살아가는 우리들 중 얼마나 되는 사람들이 '눈이 부시게'라는 말을 스스로에게 할 수 있을 것인가? 늘 삶은 힘겨웠고, 고통스러웠고, 후회스러웠는데 말이다. 무엇이 우리를 아름다움으로부터 이리도 멀리 떨어트려놓았을까?

미래에 대한 기대와 불안이 우리를 불행하게 만든 것

이 아닐까? 그런 기대와 불안이 없었다면 오직 지금 현재가 우리의 최선이고, 최고의 아름다움이고, 눈이 부신 날이 될 수 있지 않았을까? 우리의 모든 시간을 미래로 던져버림으로써 우리는 늘 미뤄진 현재를 살고 있는 것이 아닐까?

부드러운 바람에 흔들리는 나뭇가지들, 붉은 꽃향기를 품고 오는 5월의 바람, 밥솥에 밥을 안쳐놓고 해질 무렵, 딸의 손을 잡고 동네 한 바퀴를 돌며 사랑하는 사람이 돌아오기를 기다리는 시간이 가장 아름다웠노라고 드라마는 이야기하고 있다. 그 저녁 시간은 미래가 없이 오직 현재만으로 충만한 시간이다.

생각해보면 치매 할머니들을 불행하게 보는 것은 과거와 미래의 관점에서만 현재를 바라보기 때문은 아닐까? 현재는 아무것도 아닌, 잉여의, 비어있는 시간으로만 생각하기 때문에 우리는 우울한 것이 아닐까? 내일 내가 힘든 병에 걸리거나, 이 지상에 더 이상 존재하지 않을지라도 이 현재의 시간만이 나에게 최선의 시간이 아닐까? 그리 생각해야 하는 것 아닐까? 그리하여 치매에 걸린 이 노인들도 자신의 오늘을 충실하게 살고 있는 것으로 생각해야 하는 것이 아닐까? 치매에 걸린 내가 지금의 나를 기억하지 못할지라도, 나는 또 다른 나로 살아가고 있는 것이 아닐까?

숙소로 내려와 얼마 전 세상을 떠나 '나무가 된' 가수 조동진의 '나무가 되어'를 듣는다.

나는 거기 다가갈 수 없으니 / 그대 너무 멀리 있지 않기를 / 나는 별빛 내린 나무가 되어 / 이전처럼 움직일 수가 없어 / 나는 다시 돌이킬 수 없으니 / 그대 너무 외면하지 않기를 / 나는 하늘 가린 나무가 되어 / 예전처럼 노래할 수도 없어 / 나무가 되어 / 나무가 되어 / 끝이 없는 그리움도 / 흙 속으로 / 나는 이제 따라갈 수 없으니 / 그대 홀로 떠나갈 수 있기를 / 나는 비에 젖은 나무가 되어 / 예전처럼 외로움조차 없어 / 나무가 되어 / 나무가 되어 / 끝이 없는 그리움도 / 흙 속으로

그는 '별빛 내린 나무'가 되었을까? 그는 '비에 젖은 나무'가 되어 외로움도 없이 서있을까? 어둠 속에 서있

는 살구나무를 본다. 살구나무로 서있는 내가 나를 내려다보며 말한다. "지금, 이곳이, 가장 눈부신 곳인가?"

살아있는,
죽은 자들

바람이 불어 꽃이 떨어져도 그대 날 위해 울지 말
아요 / 내가 눈감고 강물이 되면 그대의 꽃잎도 띄울
게 / 나의 별들도 가을로 사라져 그대 날 위해 울지
말아요 / 내가 눈감고 바람이 되면 그대의 별들도 띄
울게 / 이 생명 이제 저물어요 언제까지 그대를 생각
해요 / 노을 진 구름과 언덕으로 나를 데려가줘요

가수 이문세의 '시를 위한 시'라는 노래다. 이영훈이

작사, 작곡한 것으로 그는 2008년 마흔아홉의 아까운 나이로 세상을 떠났다. 그런데 마치 죽기 전에 유언처럼 만들어진 이 노래는 1988년 그가 스물아홉 살 무렵에 만든 것이다. 죽어 강물과 바람이 되어 사랑하는 사람의 꽃잎과 별빛 같은 눈물을 지키겠다는 이 노래를, 서른 살이 채 되지 않은 그는 무슨 이유로 만들었을까?

텔레비전의 한 프로그램에서 이 노래가 나왔을 때, 이 노래를 내 장례식에 써도 좋겠다는 생각을 나는 뜬금없이 해보았다. 어쨌든 그렇게 이영훈은 노래를 통해 우리에게 살아있다. 인터넷으로 그의 이름을 뒤지고 우리는 그의 사진을 들여다본다.

몇 년 전, 입원해있는 노인들의 웃는 얼굴을 사진으로 찍고 그것을 확대해서 병원 벽에 붙여놓은 적이 있었다. 그 뒤 한 번도 그 사진을 갈아주지 않고 신경도 쓰지 않은 채 방치해놓았는데, 오늘 회진을 돌다가 문득 그 사진들이 눈에 들어와서 그 앞에 한참 동안 서있었다. 아직 입원해있는 노인도 있고 이미 퇴원한 노인도 있고, 돌아가신 노인의 얼굴도 있다. 심장병과 폐렴으로 돌아가신 노인이 환한 얼굴로 웃고 있다. 무엇 때문에 돌아가셨는지 이미 가물가물하지만 내게 참 따뜻했던 노인도 틀니를 낀 채 환하게 웃고 있다. 죽은 이들이 살아서 환하게 웃고 있다.

옛날 시골집들 벽면엔 돌아가신 할아버지 할머니의 사진이나 초상화가 걸려있었다. 그들은 이미 돌아가셨지만 생활 속에서 살아있었다. 얼마 전 베트남을 여행할 때 한 마을을 지나가면서 그들 모두의 집 벽 제일 중심에도 우리네 옛 집처럼 조상들의 사진이 걸려있는 것을 본 적이 있다. 놀랍게도 그 사진들 액자 둘레에는 술집에서나 볼 수 있을 것 같은 깜박거리는 전등이 장식되어 있었다. 그들 나름의 조상에 대한 최대의 예우일 것이다. 조상의 음덕을 바라는 종교 전통의 한 모습일 것이나, 그렇게 과거 우리처럼 그들은 죽은 자들과 함께 살고 있었다.

살아있는 죽은 자들. 죽어서 살아있는 그들은, 철학자 데리다의 말을 빌리자면 유령처럼 우리에게 나타난다. 데리다는 키케로의 "그리고 말하기 더 어려운 것은, 살아있는 죽은 자들이다"라는 말을 인용하면서, 죽은 그들이 우리 안에 살아있으며 우리의 망각과 쾌락을 방해하고 우리를 괴롭히며 죽은 자신들에 대해 더 생각하기를 요구한다고 말한다.

물론 데리다의 유령학이 유령의 현상에 대해 기술하는 것은 아니다. 다만 우리의 친구나 사랑하는 이, 나와 그 어떤 역사를 공유한 이가 산 자와 죽은 자의 구분이 어려운 유령처럼 내 안에서 살아간다는 것을 알아야 한다는 것, 그들의 목소리에 귀 기울여야 한다는 것을 그는 말하고 있는 것이다.

우리의 시간 위에는 너무나 많은 살아있는 죽은 자들이 있다. 남겨진 그들의 시간과 사진들과 투쟁의 얼룩들이 있다. '붉은 구름 노을 진 언덕'에서 그 유령들은 우리에게 지나간 자신들의 시간을 호명한다. 왕과 귀족들의 행적으로서만의 역사가 아니라, 이름 없이 사라져 간, 이미 잊혀져버린 남루한 우리 이웃들의 시간으로서의 역사를 유령은 우리에게 호명한다. 그리고 우리가 그것에 귀 기울여줄 것을 요청한다. 어쩌면 그것만이 어느 순간 완벽하게 사라져버리는 삶의 허무에서 우리가 벗어날 수 있는 길일지도 모르겠다.

환한 복사꽃에 눈물 흘리고, 죽어간 이웃의 아픔에 가

숨을 치는 한 우리는 실재론자이고, 그러므로 살아있는 죽은 자들인 그 유령들은 분명 우리 옆에 있다.

그러니, 들어보라. 그 목소리를.

마치
굿바이
하는 것처럼

"죽는다는 것은 헤어짐이 아니라 다음 세상을 맞이하는 문이라고, 나는 문지기로서 여기서 많은 사람들을 보내주었다네. 다녀오세요, 다시 만납시다 하고 말하면서."

화장장의 노인이 점화 버튼을 누르자 목관에 놓인 목욕탕 여주인의 몸은 거대한 화염에 휩싸인다. 아들은 하염없는 죄스러움에 울음을 터트리고.

다키타 요지로 감독의 2008년 작 '굿바이'의 한 장면이다. 이 영화는 다이고라는 한 첼리스트가 악단이 해체되면서 고향으로 내려가게 되고, 그곳에서 '영원한 여행의 도우미', 즉 죽은 자를 염습하고 납관하는 일을 하게 되며 일어나는 일들을 그리고 있다.

그는 염습하는 모습을 보면서 첼로를 연주할 때와 같은 감동을 느낀다. "차갑게 식은 사람을 치장하여 영원한 아름다움을 주는 행위, 그것은 냉정하면서도 정확한 동시에 따스한 애정이 넘치는 일이다. 마지막으로 얼굴을 보며 고인을 배웅한다. 고요와 평온함 속에 이루어지는 모든 손놀림이 아름답게 보였다."

'아름다운' 죽음을 통해 모든 삶들이 화해해 나간다. 성소수자인 딸/아들과 화해하는 아버지. 폭주 오토바이에서 떨어져 죽은 말썽꾸러기 딸과 화해하는 아버지. 낡고 오래된 목욕탕을 고집하던 어머니와 화해하는 아들. 자신을 버린 아버지를 어릴 때의 작은 조약돌 하나로 용서하는 다이고 자신 등. 각각의 죽음은 살아있는 이들을 속박의 끈으로부터 풀어 해방하고 용서하게 한다.

그러나 한편으로 생각하면 죽은 자는 화해하지 못하고 고통 속으로 사라졌다. 살아있는 자들만의 화해는 너무 자기만족적이다. 성소수자인 그 여자/남자는 자신의 정체성의 암흑 속에서 결국엔 자살이라는 길을 택했다. 머리를 염색하고 짙은 화장을 한 채 폭주 오토바이를 탔던 그 여학생은 자신을 이해하지 못한 부모를 죽는 순간까지 원망했을지도 모른다. 주인공 다이고를 버린 아버지는 30년 동안 아들이 자신에게 준 조약돌을 만지작거리며 자신의 죄를 되씹고 되씹으며 고통 속에서 죽어갔을지도 모른다. 살아있는 자들이 눈물로 용서하고 용서를 빈다고 해도 죽은 자들의 고통은 사라지지 않는다.

죽은 자를 위한 첼로 소리는 좀 과장해 말하자면 나르시시즘적이다. 스스로를 눈물방울 속에 가두면서 외부의 소리를 차단하고 스스로의 상처만을 어루만지는 나르시시즘. 그런 의미에서 이 영화는 폐쇄된 미학 구조를 가지고 있다고 할 것이다.

생각해보면 용서와 화해는 살아있는 자들 사이에만 존재하는 것이다. 그리고 그 타인은 언제든지 사라질 수 있는 존재들이다. 나 스스로뿐만 아니라 성소수자이고 폭주족인 나의 자식도, 나의 배우자도, 나의 부모님들도 언제든지 지금 이 순간 사라질 수 있는 존재라는 것을 인지할 때 우리의 용서와 화해는 현재적이고 현실적으로 이루어질 수 있다.

가장 가까운 사람일수록 거리를 두어야 한다. 자식이나 배우자마저도 우리 각자에겐 타인이고 타인이 되어야 한다. 그 거리가 서로를 가장 선명하게 볼 수 있게 하기 때문이다. 그 거리에서 우리는 화해와 용서의 손을 내밀 수 있다. 마치 영원할 것처럼 원망과 고통의 칼끝을 세우거나 사랑이라는 이름의 족쇄를 서로에게 채운다면 우리에겐 죽음의 이별만이 구원과 화해가 될 것이다.

13세기 초까지 살았던 일본 선불교의 대가 에이사이의 이야기를 들어보자. 그는 대중들에게 어떻게 죽어야 하는지를 보여주기 위해 교토로 간다. 거기서 그는 대중들에게 설법을 하고 나서, 참선한 자세로 열반에 들어간다. 그러자 그를 따르던 제자들은 스승의 갑작스런 죽음에 당황하여 어찌할 바를 모르고 우왕좌왕한다. 그러자 에이사이는 다시 살아나 주장자로 제자들의 머리를 후려친 다음 닷새 후 똑같은 방법으로 영원히 열반에 들었다 한다.

　방금도 한 노인을 죽음의 문까지 바래다 드리고 왔다.

　굿바이. 우리 모두, 잘 가자. 마치 오늘이 마지막인 것
처럼.

죽음의
불평등한 분배

　다시 반복이다. 한 노인이 죽고, 또 다시 나는 진료실 뒷방에 앉아 의미 없이 바뀌는 텔레비전 화면을 멍하니 바라보고 있다. 끊어질 듯 헐떡거리며 숨을 몰아쉰다는 할머니 때문에 한밤중에 차를 몰고 병원으로 달려왔는데, 아직은 시간이 조금 남았다고 생각한 다른 노인이 예상치 못하게 먼저 세상을 떠났다. 90년을 넘게 살았으면서도 어제까지 소화가 잘 되지 않는다고, 잘 걸을 수가 없다고, 강한 생명의 애착으로 내 손을 붙들던 노인이었다.

　반쯤 감긴 눈을 마저 감기고, 나는 다시 옆 자리 노인의 죽음을 기다린다. 더 이상 해줄 것도 없으면서 한 생의 마지막 순간을 지켜봐주기 위하여 이렇게 멍하니 기다리는 것은 정말 바보 같은 짓이 아닌가, 생각해본다. 그러나 가족을 떠난 노인들의 죽음은 언제나 지연되고, 지연되기 때문에 그 죽음은 예고 없이 번개처럼 온다. 임종을 지켜줄 가족도 오기 전에 숨을 거두는 노인이 홀로 먼 길을 가지 않도록 지켜주는 것이 주치의인 나의 마지막 의무가 아닐까, 그런 생각도 해보지만 다시 진료실 뒷방에 누워 의미 없이 지나가는 공휴일의 텔레비전을 멍하니 바라보고 있는 나는 정말 바보 같은 기분이다. 나는 그저 누군가를 땅에 묻거나 불에 넣어도 좋다는 법적인 알리바이를 제공하는 목격자일 뿐인 걸까?

　다시 반복이다. 블라인드 사이로 노을 진 하늘이 보인다. 마지막 순간까지 저녁노을 같은 자신의 죽음을 바라볼 수 있는 사람은 얼마나 될까?

　　이름 모르는 새가 와서 울었다

배롱나무에서 울었다

배롱나무는 죽었지만 반짝였다

울고 난 새가 그늘에 묻힌

작약이 흔들리는 것을 보았다

고개를 돌려

서산을 반쯤 가린 불두화를 보았다

반쯤 남은 서산을 보았다

그리고 새가 다시 울었고

해가 지고 있었다

　오규원 시인이 돌아가기 얼마 전 쓴 시「해가 지고 있었다」를 생각해낸다. 시를 통해 자신의 죽음을 바라보는 시인의 접혀진 시간이 느껴진다. 접혀지지 않은 편평한 시간은 모두의 시간이기도 하지만, 그것은 어느 누구의 시간도 아니다. 나에게 속한 시간은 언제나 주름처럼 접혀있어서, 오직 나만이 그것을 펼쳐볼 수 있다. 그러나 이 시인처럼 마지막 순간까지 자신의 죽음을 바라볼 수 있는 사람은 얼마나 될까?

　죽음의 불평등한 분배. 가난한 사람은 일찍 죽는다는

경험적이고 통계적인 사실뿐만이 아니다. 생의 마지막 그 지점에서조차 죽음은 불평등하게 분배된다. 부유한 사람들이 좋은 병원에서 첨단기술로 이 삶에서의 시간을 조금 더 연장시킬 동안, 시골의 노인들은 이곳이 최선의 장소인 것처럼 알고 떠난다. 종교는 죽어가는 자들 앞에서 기도로 자신의 두려움과 슬픔을 쏟아붓고는, 삶에서 떠나가고 있는 그의 마지막 순간에는 눈길도 주지 않는다. 철학자들은 우주와 자연의 이치 속에 개인의 삶과 죽음이 합치되어야 한다는 알아들을 수 없는 말만 하고는, 혼자 어딘가로 떠나버린다. 가난하고, 종교적 감성과 철학적 지성을 가지지 못한, 가질 시간도 갖지 못했던 사람들에게 죽음은 갑작스럽게 솟아오르는 공포이고, 이 공포의 지점에서 지배의 정치가 출발한다고 말한 사람은 스피노자였다.

그렇다면 스스로의 죽음을 바라볼, 혹은 바라볼 수 있게 하는, 인권으로서의 죽음에 대한 권리를 우리는 생각해볼 수는 없는 것일까? 나는 '존엄한 죽음'을 위한 환경과 제도가 필요하다는 이야기를 했었다. 그러나 지금 이야기하는 죽음에 대한 권리는 그러한 것뿐만이 아니라,

스스로의 죽음을 끝까지 바라보고 자신의 생을 스스로 마무리할 권리를 이야기하는 것이다. 그러나 우리 모두가 경지에 이른 종교인이나 철학자가 될 수 없기 때문에 그것은 현실적으로 풀리기 어려운 문제, 즉 아포리아로 남는다.

스피노자는 그의 『에티카』에서 "자유인은 결코 죽음(의 공포)을 생각하지 않으며, 그의 지혜는 죽음이 아니라 삶에 대한 성찰이다"라고 말했다. 그러나 이 노인들은 어떻게 그 지혜를 가질 것인가. 어쩌면 우리는 이 죽음을 관통하기 위하여 더 많은 길을 돌아가야 할지 모르겠다. 죽음의 불평등한 분배는 사회 전반의 불평등한 분배와 연결되어 있기 때문이다.

다시 반복이다. 창문 앞에서 새들이 다시 울고, 해가 지고 있다. 지긋지긋하고 또 아름답다. 그리고 지금 나는 죽음을 기다리고 있는 중이다.

노동자의
유령들

노동자가 한 사람의 인간으로 살아가기 위해서는 목숨을 걸어야 하는 나라…… 나의 목숨을 원한다면 기꺼이 제물로 바치겠다…… 사람은 태어나면 죽는 것, 40년의 인생이었지만 남들보다 조금 빨리 가는 것뿐, 결코 후회는 하지 않는다…… 노동조합 활동을 하면서 집사람과 아이들에게 무엇 하나 해준 것도 없는데 이렇게 헤어지게 되어서 무어라 할 말이 없다…… 아빠가 마지막으로 불러보고 적어보는 이름

이구나. 그리고 여보…… 더 큰 고생을 남기고 가게
되어서 미안해.

2003년 한진중공업의 김주익이라는 노동자가 85호
크레인에서 129일간 고공농성을 한 후 스스로 목숨을
끊었다. 그가 죽기 얼마 전 가족들에게 남긴 유서 내용
을 우연히 다시 꺼내 보면서 가슴이 먹먹해지고 저려온
다. 다른 건 다 버려두고서라도 세 아이를 두고 떠나는
마음이 어땠을까 생각하면 눈앞이 흐릿해진다.

1970년 전태일이 불꽃으로 사라져간 이후 많은 노동
자들이 스스로 목숨을 끊었다. 스스로 목숨을 끊는 것
이, "한 사람의 인간으로 살기 위해서 목숨을" 거는 것이
과연 '정상적'인 상황인지 묻는 것은 뒤로 미뤄둬야 한
다. 지금 필요한 것은 애도이고 그들이 하고자 했던 말
들에 다시 귀 기울이는 것이 아닐까. 철학자 데리다의
말처럼, 죽어간 모든 자들은 유령처럼 출몰한다. 그 유
령들은 무언가를 부르짖으며 우리를 호명한다. 이를테
면 나는 지금 김주익이라는, 죽어간 노동자에게 호명되
어 이 글을 쓰고 있는 것이다.

몇 해 전 쌍용자동차 파업 이후 서른 명이 넘는 노동자가 스스로, 혹은 예상할 수 없었던 질병으로 연이어 사망하였다. 대구에서는 네팔의 노동자가 고향의 두 아이를 그리워하며 목을 매어 생을 마감했다. 청년 노동자들은 열악한 노동환경 속에서 컨베이어에 끼어, 지하철 스크린도어 작업을 하다가 죽었다. 그런데 왜 우리는 이들의 죽음에 대해 질문하지 않는 것일까? 이 글을 읽는 대부분의 독자들은 노동자이거나 노동자였던 사람들일 것이다. 그런데도 왜 우리는 우리 노동의 삶에 대해 질문하지 않고 우리의 죽음은 그 노동과 아무런 상관이 없는 것처럼 돌아서는 것일까.

우리는 우리를 살리려는 본성이 있다. 이를 스피노자는 코나투스라는 개념으로 설명하는데, 그것은 "각 사물은 자신의 존재 역량에 따라 자기 존재를 유지하려고 노력한다"는 것이다. 즉 코나투스는 '자신의 존재를 유지하려는 경향'이라고 이해된다. 이 코나투스가 더해지는 경향이 기쁨이 되고 감소하는 경향은 슬픔이 된다고 스피노자는 설명한다. 생물학적으로 코나투스는 생리학의 항상성 개념처럼 개체의 유지를 목적으로 한다. 그러나 사회적으로 개별적 코나투스의 경쟁은 홉스의 경우처럼 '만인에 대한 만인의 투쟁'으로 전락할 수도 있다. 그래서 스피노자의 코나투스는 개별적 개체들을 뛰어넘는 상호 공존의 공동체로서 민주적 정치체제를 지향한다.

이런 코나투스의 관점에서, 스스로 목숨을 끊는 것은 인간의 본래성을 스스로 부정하는 것이거나 아니면 부정당한 것일 수밖에 없다. 그러나 가족과 동지의 안위를 걱정하면서 스스로를 부정하는 것은 모순되므로, 그것은 부정당한 코나투스라고 보는 것이 옳을 것이다. 그렇다면 무엇이 우리를 부정하는가? 무엇이 우리를 죽음으로 내모는가?

'노동자의 벗'이었던 '훌륭한' 대통령이 집권해도 노동자들은 더 많이 죽어나갔고, 열렬한 박수 속에서 뽑아놓은 그 '좋은' 대부분의 국회의원들은 노동자들의 죽음을 외면했다. 민주주의 체제에서 사람을 잘 뽑는 것은 중요한 일이다. 일꾼을 잘못 선출하면 많은 고통이 따르는 것은 분명한 사실이고 현실이다. 그러나 마치 사람을 뽑는 것만이 우리가 해야 할 정치의 전부인 것처럼 넘겨버리는 것은 옳지 않다.

노동자의 유령들은 끊임없이 출몰하며 우리에게 좋은 세상이란 무엇인가 질문한다. 그리고 이렇게 질문할 것이다. "그러니 말해보라. '세상은 어긋나 있고', 크레인에 더 이상의 죽음을 새겨서는 안 된다면 우리의 삶이란 도대체 무엇이어야 하는가? 우리의 죽음은 도대체 어떠해야 하는가?"

영원히
살고 싶으신가요?

"만물은 한계가 없다. 어찌 보지 않았다고 하여 없다고 단언하는가? 또한 선인(仙人)에 대한 기록은 과거의 문헌에 얼마든지 있다. 어찌 불사(不死)의 도가 없다고 하는가?"

『포박자』라는 책을 지은 갈홍은 신비의 환약을 만들어 신선이 되고 불로장생하는 법을 가르쳤다. 그 스스로도 81세까지 살아 당시로서는 놀라운 장수 기록을 세우기도 했다. 450여 년 전에 먼저 죽은 진시황은 갈홍이나 그와 비슷한 시기에 300여 년을 살았다는 전설의 명의 동봉과 같은 이의 '선진 의학'을 얼마나 갈구했었던가.

중국뿐만 아니라 불사의 욕망은 인간 역사에서 어디에나 있어왔다. 구약 성경에도 장수의 기록이 남겨져 있다. 인간의 문헌상 가장 오래 산 사람은 노아의 홍수 이전의 무두셀라로 969세까지 살았다 한다. 노아는 950세, 아담은 930세, 셈은 600세까지 살았다 한다. 그러나 노아의 홍수 이후부터, 야훼의 노여움이 덜 가라앉아서일까 수명은 점점 짧아져 아브라함은 겨우 175년을 살았다고 전해진다.

현재 기네스북이 기록한 인간 최장 수명은 123세이다. 과학자들은 최적의 조건이 갖춰지면 200세 정도까지는 살 수 있다고 말한다. 그런데 이게 가능하다면 과연 이런 상황은 인간에게 행복일까 불행일까?

노화와 죽음의 발생에 관한 이론들은 아직도 분분하다. 대표적으로 세포와 기관들이 일상적이고 연속적인 과정에 의해 마모되고 파괴된다는 설이 있다. 또 한 가지는 죽음의 시점이 생명 발생 때부터 정해져 있다는 유전적 결정설이다.

마모설은 신체 안팎의 환경적 요인에 의해 죽음이 발생한다는 것인데, 우리가 흔히 알고 있는 공해물질이나 신체 내의 유리산소 같은 것이 그것이다. 그것을 막기 위해 비타민제를 먹거나 성장 호르몬제를 주사하는 방법 등이 소개되기도 한다. 또한 노화한 염색체를 잘라내고 덧붙이면 노화를 막고 젊어질 수 있을 것이라는 가정 하에 이에 대한 연구가 진행되고 있다. 더 적극적으로는 줄기세포 연구가 이루어지고 있고, 영화 '아일랜드'에 나오는 복제인간 연구를 통해 부품을 갈듯이 낡은 장기를 갈아 치우는 시대를 꿈꾸기도 한다.

그러나 수명 연장이 과연 인간에게 축복이기만 할까? 가령 이런 일을 상상해 보자.

240세인 무무 씨는 유전자 수리 센터에서 10년마다 하는 유전자 갱신을 해야 할지 말지를 고민 중이다. 작년에는 다섯 번째로 심장을 갈아 끼웠고 복제 배양된 피부 전신 이식을 받았다. 뇌로 주입된 줄기세포 이식술로 아직 젊은 사람 못지않은 능력을 발휘하고 있으나 과거의 기억 회로들이 일부 망가지고 지워져 요즘은 로봇 정신과 의사에게서 선택적 기억 재생 치료를 받고 있는 중이다. 40세 이전까지만 자식을 낳을 수 있는 법률 때문에 아들을 하나 두었으나 아들은 그의 나이 78세에 교통사고로 사망하고 말았다. 아들이 죽자 첫 번째 아내도 슬픔을 참지 못하고 107세에 갱신 거부로 죽었다. 그후 무무 씨는 세 번의 결혼을 더 했고 마지막 부인도 남은 생을 거부하고 스스로 목숨을 끊었다. 지금 무무 씨는 4차원 홀로그램으로 방문한 홈쇼핑의 방문자로부터 성기능 강화 종합 교정 상품에 대한 설명을 무료하게 듣고 있다. 문 밖에선 이 끔찍한 영생을 끝내고 완전한 원자의 죽음으로 돌아가야 한다는 선교사의 목소리가 들린다. 무무 씨는 한때 저들은 사회에 만연한 루저들일 뿐이라고 생각했다. 그는 200여 년 동안 참으로 많은 일을 해왔다고 자부했고 많은 부와 명성을 얻었다. 반면 루저들은 그저 국가의 지원을 받아 공짜로 불량 유전자나 갈아 끼우면서 아무것도 하지 않으려는 족속일 뿐이었다. 그러나 무무 씨는 지금 혼자이다. 할아버지와 부모들, 수많은 친지들이 아직도 살아있지만 오직 무료한 시간만이 그의 숨통을 틀어막고 있다. 해서 지금 무무 씨가

원하는 것은, 죽는 것이다. 영원히. 그는 다시는 유전자 갱신을 하지 않을 것임을 맹세한다.

역설적이지만, 우리가 어느 순간 죽는다는 것은 우리에게 행운이 아닐까? 영원히 산다는 것은 정말 끔찍한 일이 아닐까?

죽음과
이데올로기

스피노자를 철학자 들뢰즈는 '철학자들의 그리스도'
라고 불렀다. 스피노자는 "자유인은 결코 죽음을 생각
하지 않으며, 그의 지혜는 죽음이 아니라 삶에 대한 성
찰이다"라고 말했다. 들뢰즈는 도무지 죽음에 대해서는
무관심한 이 스피노자, 그리고 베르그송, 니체의 생각을
이으면서, 죽는 것은 유기체이지 생명이 아니라고 썼다.

그리고 들뢰즈는 1995년 자신의 아파트에서 뛰어내
려, 들뢰즈라는 유기체의 작동을 스스로 멈추었다. 물론

들뢰즈는 폐기종이라는 질병을 앓으면서 호흡에 많은 곤란을 겪었을 것이고, 누군가가 상상하듯이 폐에 한가득 생명을 들이마시고 싶다는 생각에 갑작스런 투신의 충동을 느꼈을지도 모르겠다. 하지만 생명을 이야기하면서 스스로 몸을 던지는 것이 과연 정합적인 것인지 아닌지, 우리에게 그런 권리가 있는지 어떤지 궁금해지기도 하다.

그러나 들뢰즈 스스로 이야기했듯이 학자의 삶은 별로 흥미로울 게 없다. 어떤 학자의 이론과 그의 삶이 얼마나 서로 수렴해갔는가는 사실 중요한 인과관계의 문제가 아니다. 학자라는 한 개인은 학문의 시선과 감각으로만 세상을 살아가는 것이 아니다.

가령 미생물학자는 세상 모든 사물의 표면과 속에 들어있는 미생물에 대해 알고 있다. 손이 얼굴에 가 닿을 때 얼마나 많은 세균들이 서로 섞이는지, 그로 인해 얼굴에 어떤 세균에 의해 어떻게 작은 종기들이 생길 수 있는지 그는 알고 있다. 그러나 정상적인 사람이라면 그는 손을 씻는 정도의 노력 외에는 마치 세균이 없다는 듯이 행동하는 것이 맞다. '더러운' 행주를 눈에 보이는 족족 쓰레기통에 버린다면 아마도 그는 동거인으로부터 버림받을 것이 틀림없다.

또 가령 그가 천체 물리학자라면 이 우주가 얼마나 넓고 오랜 역사를 가지고 있는지, 우리가 전쟁과 다툼으로 보내는 이 지구와 여기에서의 시간들이 광활한 우주에 비하면 얼마나 먼지 같은지 알고 있다. 그렇다고 해서 그가 하루 종일 하늘만 바라보고 살지는 않을 것이다. 작은 아파트라도 하나 마련하기 위해 재미없는 직장을 다니며 크고 작은 일을 처리하기 위해 여기저기 뛰어다닐 것이다.

인간의 역사 이래로 변하지 않았고 또 앞으로도 변하지 않을 사실은, 우리가 몸을 가지고 있다는 점일 것이다. 처음부터 우리는 먹었고, 생식하려 했고, 배설해야만 했다. 가령 태어날 때부터 눈에 현미경이나 천체 망원경을 달고 태어나지 않는 이상, 코에 센서가 붙은 채 태어나지 않는 이상, 휘발유 주유하듯이 혈관을 통해 음식을 섭취하지 않는 이상, 우리는 과거와 똑같은 방식으로 느끼고 사고할 것이다.

그런 의미에서 우리 자신의 몸에 자연스럽지 못한 모

든 것은 이데올로기일 가능성이 많다. 가령 죽음에 대한 사유와 그 양식도 우리 몸이 스스로를 유지하려는 그 항상성의 경향에 위배된다. 그러므로 죽음도 이데올로기가 아닐까? 내가 지금 죽음에 대해 이야기하고 있고, 누군가가 이 이야기를 신문에 싣고, 또 누군가가 이 글을 읽는 행위를 하는 것 모두가 이데올로기의 작동은 아닐까?

죽음을 경험해보지 못한 사람들은 마지막 순간이 어떨까 궁금해한다. 텔레비전 드라마나 영화를 보면 죽는 사람들은 반드시 마지막에 고개를 툭, 떨어뜨리거나 손에 힘을 풀면서 죽는다. 그러나 그것은 허구이다. 사람은 대개 마지막 장면을 그렇게 연출하지 않는다.

책을 많이 읽은 사람들은, 혹은 종교적 교육과 수련을 많이 받은 사람들은 자신이 죽음을 이길 만한 지혜와 용기가 있다고 믿는 것 같다. 그러나 나는 그것이 만들어진 허구라는 생각을 버릴 수 없다. 그것이 대체로 허구라는 것을 나는 나 스스로를 보면서 알았다. 내가 넘어선 것은 거의 아무것도 없었다.

죽음과 허구. 죽음과 이데올로기. 이 글을 쓰면서, 살기 위해 죽어가는 많은 사람들이 있는 이곳에서, 나도 그 허구와 이데올로기의 작동에 일조하고 있는 것은 아닌지 생각해본다.

노동으로부터 해방과 노인 공동체

노동 활동 자체는 오로지 삶과 삶의 유지에만 집착하며, 그래서 무세계성에 이를 정도로 세계를 망각해버린다. 노동하는 동물의 무세계성은 '훌륭한 작업'의 활동에 내재하는 세계의 공공성으로부터의 능동적 탈출과는 완전히 다르다. 노동하는 동물은 세계로부터 도망가는 것이 아니다. 오히려 그는 자기 신체의 사적 성격에 갇혀서, 즉 누구와 함께할 수도 없고 온전하게 의사소통도 할 수 없는 필요의 충족에만 사로잡혀서, 세계로부터 추방된다.

철학자 한나 아렌트는 『인간의 조건』에서 인간이 지상에서 살아가는 데 주어진 기본 조건인 노동, 작업, 행위라는 세 가지 근본 활동을 이야기한다. 즉 맹목적인 '노동'을 넘어서는 창조적 세계 구성의 계기로 '작업', 그리고 보편적 인간이 아닌 복수(複數)로서의 인간들이 살아가는 '행위'.

자신의 노동력을 상품으로 팔아 살아가야 하는 현대의 우리 삶에서 노동은 우리가 벗어나고 싶지만 벗어날 수 없는 굴레이다. 특히나 신자유주의의 경향성 속에서 이 지긋지긋한 노동으로부터도 배제된 사람들은 이중의 굴레를 강요받고 있다. 그러한 상황에서 아렌트가 말한 '무세계성'은 노동자들의 선택 사항이 아니라 강요되는 조건이다.

내가 근무하는 병원이 있는 이곳은 전국에서 참외 산지로 유명한 곳이다. 전국 참외 재배 면적의 70퍼센트를 차지하고 지역민의 70퍼센트가 참외 농사에 관여하고 있다고 한다. 그래서 타지 사람들은 이곳을 부자 농촌이라고 부르기도 하는 모양이다. 그런데 문제는 그 노동이 상당 부분 노인 인구에 의존한다는 사실이다. 물론 이것은 통계가 아니라 경험으로 확인한 것이긴 하지만, 병원을 찾아오는 노인들의 상당수가 여든 살이 될 때까지 노동에 구속되어 있다.

농촌 노동자라고 부를 수 있을 노인들은 병에 걸려 병원 침대에 눕고 나서야 비로소 노동을 멈춘다. 도시의 노동자들이 강제로 노동을 박탈당하는 것과 달리, 도시의 유통업자들에게 속박된 농촌 노동자들은 삶이 다하는 순간까지 노동에 매달리게 되는 것이다.

"오로지 삶과 삶의 유지에만 집착"하는 것이 노동자이고 그게 우리의 삶이다. 그건 선택이 아니고 강요되는 것이다. '무세계성'을 노동자들의 책임으로 돌릴 수는 없다. 그러나 문제는 병들어 침대에 눕는 시점과 죽음의 시점 사이의 시간과 공간이다. 일 년이든 십 년이든 노인은 죽음이 거두어갈 때까지 자신을 시간의 바람 속에 무기력하게 널어 말릴 뿐이다.

육체의 허약함 때문에 노동으로부터 밀려난 후 노인들은 자신의 시간을 어디에 써야 할지 모른다. 심지어

돈이 넉넉해도 그것을 어디에 써야 할지 모른다. 이것은 단순히 무지의 문제이거나 개개인의 가치관의 문제가 아니다. 오랜 노동을 통해 그들은 이미 '세계로부터 추방'되어 있었던 것이다.

노인 복지가 중요하지만 그것이 핵심은 아니다. 복지국가가 중요하지만 그것은 재정의 문제로만 해결되는 것이 아니다(재정이 중요하지 않다는 것은 아니다). 아렌트 식으로 말하자면, 중요한 것은 인간은 함께 살아가는 복수의 존재라는 것, 서로 소통하고 서로 '행위'할 때 비로소 우리 '인간의 조건'이 갖춰진다는 것이다.

죽음을 배우는 것, 그것은 교양이나 학습 혹은 종교적인 문제만이 아니다. 그것은 노동을 통한, 동시에 노동으로부터의 해방을 통해 비로소 완성된다. 그러므로 죽음을 배우기 위해 우리는, '행위'해야 한다. 노동이 아니라 타인들과의 관계를 통해서만 우리는 죽음을 완성할 수 있는 것이다.

나는 아내에게, 나보다 10년에서 20년은 더 살 건데 그 혼자의 노년을 자식들에게 의존하며 살지 말라고 자주 이야기한다. 마음 맞는 친구들과 모여서 가족처럼 사는 것을 프래밀리아(framilia)라고 한다던데, 셰어하우스 형태든 협력적 주거공동체(Co-living Scenarios) 개념이든, 각자의 독립 공간은 유지하면서 주방과 거실은 공유하며 삶과 노년을 나누는 공동체는 좋은 '늙어가는 기술' 중의 하나라고 생각한다. 이제는 다르게 노년 살기를 고민할 때인 것 같다.

죽음이라는
산업

현대의학이 우리의 수명을 연장시키고 죽음을 늦추었다는 것은 어떤 의미에서는 사실이다. 1865년 멸균 개념이 포함된 외과 수술이 시작되고, 1910년 매독 치료제인 살바르산이 606호라는 이름으로 최초의 효과적인 화학 치료제로 도입되고, 최초의 항생제가 1942년 도입된 이래 우리의 수명은 뚜렷하게 길어졌다.

그러나 근대 이후 인간의 수명이 획기적으로 늘어난 것은 의학의 역할만이 아니었다. 수명 연장에 있어서,

어떤 학자는 현대의학의 역할에 20퍼센트 정도만의 기여를 인정한다. 인간 수명 연장에 결정적인 기여를 한 것은 근대 이후 태아 및 아동기의 영양 개선, 하수도와 같은 위생 시설의 개선이라는 것이 학자들 대부분의 의견이다.

물론 21세기 의학은 이와는 다른 획기적인 기술을 개발하여 인간의 수명을 연장시킬지도 모르겠다. 줄기세포는 그 획기적인 기술이라는 신념의 중심에 서있다. 줄기세포를 연구하는 한 병원의 원장은 줄기세포 기술을 이용하면 인간의 수명이 120세까지 가능할 것이라고 말했다. 그러나 과연 줄기세포는 마법의 주문처럼 주입하기만 하면 낡은 몸을 새 몸으로 바꿔줄 수 있을까? 설령 그렇다고 하더라도 110세인 나는 그때 무엇을 하고 있을까?

현대의학은 질병의 고통으로부터 해방이라는 날개와 자본주의 산업으로서 이윤 추구라는 두 날개로 날고 있다. 어느 쪽 날개가 더 우선하는가는 보는 사람의 관점에 따라 다를 것이다. 그러나 현대의학은 이윤 추구라는 명목은 뒤로 숨긴 채, 인간 수명이 늘어난 것은 순수한 의지로서 의학 기술이 발전했기 때문이며 그 기술의 눈부신 발전으로 수명은 앞으로 더 연장될 것이라는 믿음을 사람들에게 심어주고 있다. 그러나 과연 그러했고 앞으로도 그러할 것인가?

가령 제약 산업은 5천억 달러 이상에 달하는 시장 규모를 가지고 있다. 약품들은 우리를 질병의 고통으로부터 구해주고 우리의 삶을 연장시켜준다. 그렇게 믿게 한다. 그러나 한편으로 제약 산업은 죽음, 노화, 질병에 대한 우리의 두려움으로부터 이윤을 축적한다. 그리고 가끔씩은 그 질병들을 과장하고 확대함으로써, 혹은 새로운 질병을 창조함으로써 이윤을 창출하기도 한다.

고혈압의 기준이 점점 낮아짐으로써 고혈압 환자의 비중이 늘고, 고혈압 약물의 매출은 기하급수적으로 증가했다. 심장병에 대한 콜레스테롤 혹은 중성 지방의 역할이 과장됨으로써 콜레스테롤 저하 약물의 매출도 기하급수적으로 증가했다. 간헐적인 복통과 설사를 동반하는 과민성 대장 증후군도 질병으로 분류되어 약물 치료가 필요한 것으로 간주된다. 기존의 질병들은 약물들이 들어올 수 있는 통로를 더 넓히고, 동시에 약물들이 창조하는 새로운 질병들이 만들어진다. 물론 의사들은 거대 제약 회사의 지원을 받은 연구 프로젝트의 결과를 믿고 그 결과가 제시하는 길을 따라갈 수밖에 없다.

이러한 자본의 문제는 외과적 시술에서도 나타난다. 외국의 한 연구자는 정형외과적 시술 중 15퍼센트만이 그 효과가 입증되었고 나머지는 도움이 되었는지 모른다고 하였다. 실제로 2007년, 한국에서의 척추 수술의 경우 인구 10만 명당 160건으로 일본의 23건보다 7배나 많았다. 일본 사람들이 한국 사람보다 뼈가 7배 강한 것이 아닌 다음에야, 돈이 필요한 병원 자본이 환자들의 척추를 불필요하게 혹은 불확실하게 열었다는 얘기가 될 것이다.

죽음이 점점 산업으로 바뀌고 있다는 것은 의학만의 문제가 아니라 삶의 곳곳에서 발견된다. 머리 550~900 달러, 뇌 500~600달러, 몸통 1200~3000달러, 손 개당 350~850달러, 발 개당 200~400달러. 내가 지금껏 본 책 중에서 가장 끔찍한, 지금도 다 읽을 자신이 없는 『시체를 부위별로 팝니다』라는 책의 맨 앞에 있는 시체의 부위별 가격이다. 2005년경 가격이므로 지금은 더 올랐을 것이다.

지금 내 오른쪽 무릎에도 어딘가에서 떼어져 나온 누군가의 아킬레스건이 들어있다. 몇 년 전 무릎의 십자인대 중 하나가 끊어졌을 때, 나는 의사이면서도 아무것도 모른 채 인조 인대가 아닌 생체 인대를 쓰는 것에 동의했다. 이 책을 읽으면서야 나는 내 무릎에 붙어있는 인대가 아시아 어느 나라에서 살았던 연고자 없는 사람의 아킬레스건일 수도 있겠다는 생각을 했다.

죽음도 산업이 되고 있다. 제약 산업은 오래전부터 의학 연구와 임상 분야 모두에서 막대한 영향을 미쳤다. 건강에 대한 관심이 모두 죽음에 대한 두려움 때문에 생겨나는 것은 아니지만, 죽지 않고 오래 살고자 하는 우리의 욕망을 제약 자본은 의료를 통해 끊임없이 자극하고 있고 의료 자본은 새로운 이익의 창출을 위해 동분서주하고 있다.

시체를 부위별로 파는 산업이야 너무 직접적이어서 덧붙일 이야기가 그렇게 많은 것 같지는 않다. 그러나 이 이야기는 죽음을 산업화하는 제약 자본과 의료 자본에 대한 은유로 읽을 수도 있겠다는 생각을 해본다.

다시 말해 우리의 몸은 분절되어 자본의 증식을 위한 목표물이 된다. 자본을 증식시키지 못하는 몸은 의료에서 배제된다. 전 세계 에이즈 환자의 60퍼센트인 2천5백만 명의 아프리카 사람들은 비싼 약값 때문에 제대로 치료받지 못하고 있다. 그 비싼 약값의 많은 부분은 지적 재산권이라고 칭하는 특허권에 관련되어 있다. 결핵 환자는 매년 증가하고 있고, 말라리아로 인해 매년 1백만 명이 사망하고 있지만, 이들을 위한 값싼 치료약들은 이윤이 남지 않는다는 이유로 제대로 생산·유통되지 못하고 있다.

나쁜 종교가 죽음을 미끼로 사람들로부터 돈을 모으고 그것으로 거대 성전을 짓듯이, 생명공학이라는 이름으로, 건강식품이라는 이름으로, 최첨단 의료기술이라는 이름으로 자본은 죽음이라는 칼을 우리 목에 겨누며 부를 축적한다. 물론 우리는 그러한 기술들이 우리를 고통으로부터 비켜나게 해줄 것이라는 것을 기대할 수 있다. 문제는 그것들이 스스로 바라는 이윤에 미달할 때 어떤 모습으로 왜곡될지 모른다는 데 있다.

가령 영리 병원의 허용과 민간 보험의 전면적 활성

화 같은 문제도 바로 그러한 자본의 문제이다. 혹자들은 병원이 돈을 벌려고 하는 영리성이야 이미 존재하고 있고, 민간 보험도 대부분의 사람들이 가입해 있지 않느냐고 반문할 수 있을 것이다. 하지만 문제는 자본으로부터 어느 정도 규제된 의료의 차단벽이 없어질 때 자본은 병원을 단지 돈벌이를 위한 기업으로 만들고, 보험 자본은 현재의 공보험 체제를 무력화하면서 일반 대중들의 건강권을 고스란히 돈 앞에 갖다 바칠 것이다.

건강은 상품이 아니다. 마찬가지로 죽음도 상품이 되어서는 안 된다. 세계보건기구는 건강을 단순히 질병이나 불편함이 없는 것이 아니라 신체적, 정신적, 사회적으로 안녕한 상태라고 정의하고 있다. 건강하게 살다가 편안하게 죽는 것은 인간이 누려야 할 권리이다. 이 권리가 자본이라는 돈의 논리에 의해 침해당하고, 산업 생산이라는 사회 원리에 의해 왜곡되는 것은 참으로 불행한 일이 아닐 수 없다.

글을 마치며

여러 스님들이 허공(虛空)에 대해 논의하고 있었다. 이때 마조선사(709~788)의 제자인 혜공 스님이 그 옆을 지나가고 있던 터라 여러 스님 중의 한 명이 그에게 물었다. 허공이란 무엇입니까? 그러자 혜공이 말했다. 자네는 허공을 잡을 수 있나? 그럼요, 보여드릴 수 있습니다. 한 스님은 공중에 손을 내밀고 한 움큼 허공을 잡아 혜공에게 내밀었다. 그런데 손을 펴보게. 손에 아무 것도 없지 않은가. 혜공이 다그치자 그 스님은 난처해졌다. 그럼 혜공 스님께서 허공을 잡아 보여주세요. 그러자 혜공 스님은 말없이 다가와 그 스님의 코를 힘껏 움켜쥐었다. 그러곤 이렇게 말했다. 허공은 이렇게 잡는 것이라네.

죽음이란 이 허공과 마찬가지다. 죽음은 우리가 잡을 수 없고 결코 경험할 수 없는 것이기 때문이다. 죽음을 잡으려 할 때 우리는 앞의 한 스님처럼 헛짚거나 혜공 스님처럼 난해한 비유로 이야기할 수밖에 없을 것이다.

우리가 이해하고 얘기하는 것은 죽음이 아니라 죽음 직전의 삶에 관한 것이다. 고통 없이, 순식간에, 남은 사람들에게 부담을 남겨주지 않는 죽음을 우리는 '웰 다잉'이라고 부른다. 남은 우리의 삶과, 미지의 것으로 시시각각 우리에게 다가오는 그 죽음을 마주하면서 어떻게 마음을 가다듬고 잘 살아갈 것인가? 이것이 우리가 죽음이라는 주제를 안고 가는 이유일 것이다.

항상 죽음이라는 주제를 가슴에 품고 살아온 시인의 입장에서, 늘 죽음을 생활로서 바라보고 사는 노인요양병원 의사의 입장에서, 철학을 공부하는 학생의 입장에서, 죽음에 대한 사유는 매력 있는 하나의 도전이었다.

무엇보다 내게 다가올 죽음의 순간을 맞아 용감하게 싸우고 싶었다.

앞의 글에서도 밝혔듯이, 오래전 죽음에 관한 연작시를 쓰려다가 그만 둔 것이 있었다. 쓰다가 내가 죽을 것 같은 두려움이 밀려왔기 때문에 그만 둘 수밖에 없었다. 세월이 많이 지났고, 이제는 그 두려움을 이겨낼 수 있을 것 같은 자신감이 이 글을 쓰게 했다.

그러나 글을 쓰면서, 하루 종일 죽음에 관한 생각을 머리와 가슴에 품고 다니는 일은 매우 우울한 일이었다. 그것은 마치 서양 중세의 우울과 같은 것이라고 할 수 있을 것이다. 서양 중세가 암흑기라는 속단에 동의하지 않지만, 중세 기독교가 죽음이라는 구멍을 통해 뽑아낸 정치 신학은 이런 우울증이 아니었을까 생각해본다. 타인의 고통에 무관심한 채 자신들만의 죽음과 구원에 빠진 지금의 일부 나쁜 종교처럼 말이다.

글을 정리해놓고 보니 이 글들은 도대체 누구를 대상으로 하여, 무슨 이야기를 하고 싶어하는지 다시 자문하게 된다.

그래서 이렇게 정리해본다. 우리는 결코 우리의 죽음

을 스스로 이해하지도 완성할 수도 없다. 그렇지만 그것이 이해되고 완성되는 것은 오직 타인의 시선을 통해서이다. 현재의 내가 앞서 죽어간 누군가를 기억하면서 그의 삶과 죽음을 완성하고 있는 것처럼 말이다. 그리고 그것은 우리가 우리 스스로를 이해하고 완성하는 일이기도 할 것이다.

우리 주변에 참 많은 사람들이 죽어가고 있고, 그들에 대해 우리는 무관심하고 방관하고 있다. 우리는 최소한 그들의 죽음에 대해 관심을 가지고 그 아픔과 슬픔에 공감해야 한다. 그것은 윤리적 요청일 수도 있지만, 한편으로 그것은 우리 삶과 죽음의 거처(居處)를 찾는 존재론적인 탐구이기도 하다고 나는 생각하는 것이다.

여기에 실린 대부분의 글을 연재라는 형태로 쓰게끔 나를 강제해준 『영남일보』 이춘호 기자에게 감사드린다. 그리고 나를 스쳐간 그 많은 할머니 할아버지들, 지금은 이 지상에 없는, 모두 기억할 수는 없지만 기억해야만 하는, 그들에게 감사의 마음과 함께 이 책을 바친다.

노태맹

경북 성주에 있는 노인요양병원에서 일하며, 시를 쓰고 철학 공부를 하고 있다. 1990년 문예 중앙 신인상으로 등단했으며, 시집 『유리에 가서 불탄다』, 『푸른 염소를 부르다』, 『벽암록을 불태우다』가 있다.

굿바이,
마치 오늘이 마지막인 것처럼

초판 1쇄 발행 2019년 9월 23일
초판 2쇄 발행 2019년 11월 18일

지은이 노태맹
펴낸이 오은지
책임편집 변홍철
디자인 정효진
펴낸곳 도서출판 한티재   등록 2010년 4월 12일 제2010-000010호
주소 42087 대구시 수성구 달구벌대로 492길 15
전화 053-743-8368   팩스 053-743-8367
전자우편 hantibooks@gmail.com   블로그 www.hantibooks.com

ⓒ 노태맹 2019
ISBN 979-11-90178-12-9 03810

이 도서의 국립중앙도서관 출판예정도서목록(CIP)은 서지정보유통지원시스템
홈페이지(http://seoji.nl.go.kr)와 국가자료공동목록시스템
(http://www.nl.go.kr/kolisnet)에서 이용하실 수 있습니다.
(CIP제어번호: CIP2019033394)